Caroline Stöppler · Leben nach Plan
und andere Irrtümer

AF191362

W ieso braucht eine dreiköpfige Familie vier Flug-
tickets nach Thailand? – Damit die verstorbene
Schwester neben ihr sitzen kann, erklärt das kleine Mädchen der Reisebüroangestellten. Sie soll in ihrer Heimat
im Tempel beigesetzt und als Schmetterling wieder geboren werden.

Aus solch ungewöhnlichen Perspektiven erzählt Caroline Stöppler ihre Geschichten und überrascht den Leser
immer wieder mit den wunderlichsten Ausgängen.

Diese kleinen Geschichten vermitteln zwischen
den Generationen, den Kulturen und den Geschlech-
tern – mal laut, mal leise, mal skurril und heiter, mal
melancholisch und nachdenklich machend, aber immer
engagiert für die kleinen Leute und ankämpfend gegen
Ignoranz und Vorurteile.

CAROLINE STÖPPLER, 1953 in Osijek/Kroatien geboren,
arbeitet seit 1980 am Frankfurter Flughafen am Check-
in. Sie hat bereits zwei Bücher veröffentlicht, das sati-
rische Cartoon- und Lesebuch *Guten Flug* (2001) sowie
das »andere« Reisebuch *New New York* (2003). Caroline
Stöppler ist verheiratet, hat zwei Kinder und lebt mit
ihrer Familie in Nauheim.

# Caroline Stöppler

# Leben nach Plan und andere Irrtümer

### Geschichten,
### die das Leben schreibt

Mai 2005
© 2005 Caroline Stöppler
Satz und Layout: Buch&media GmbH, München
Umschlaggestaltung: Kay Fretwurst, Spreeau
Herstellung und Verlag: Books on Demand GmbH,
Norderstedt
Printed in Germany
ISBN 3-8334-2324-2

# INHALT

*»Planung ersetzt Zufall
durch Irrtum.«*

*Albert Einstein*

# DER AUSFLUG

---

Die alte Frau sitzt an der Bushaltestelle und zündet sich noch eine Zigarette an, zieht genüsslich daran und lässt den Bus abfahren. Sie sitzt da und wartet, hält einen kleinen Aschenbecher in der gepflegt manikürten Hand. Sie sitzt im Rollstuhl, raucht und wartet.

Jeder Bus, der im Laufe des Tages hält, fährt wieder ab ohne sie. Die alte Frau unterhält sich mit den Leuten, die ein- und aussteigen. Man kennt sich. Der kleine Aschenbecher ist voller Zigarettenkippen, die Packung leer. Die Thermoskanne ist ebenfalls leer, der Kaffee getrunken. Das Brot ist aufgegessen, der Abend naht, es wird bereits dunkel.

Der elektrisch betriebene Rollstuhl setzt sich langsam in Bewegung, weg von der Bushaltestelle, biegt in einen Weg zu einem großen Gebäude ein, das hinter Gebüsch und hohen Bäumen verborgen liegt. Es ist das Seniorenheim, ihr »Schlafzimmer«, wie sie es nennt.

Das Personal begrüßt die alte Dame mit Respekt. Sie ist eine Ausnahme in dem Heim, nimmt ihr Frühstück mit, wenn sie das Haus verlässt. Und wenn sie zurückkehrt, nimmt sie ihr Abendessen mit aufs Zimmer.

Das Tablett auf ihrem Schoß fährt die alte Frau auch heute zum Fahrstuhl und danach auf die Etage, wo sich ihr Zimmer befindet. Dort hat sie bereits morgens den Tisch gedeckt. Jetzt hat sie Zeit, in Ruhe zu essen und Zeitung zu lesen. Sie genießt diese Stunden wie früher, als die Arbeit getan war und die letzten Kunden den »Leseladen« verlassen hatten. Später war noch eine Vinothek hinzugekommen, um die sich ihr Mann gekümmert hatte. Nach seinem Tod musste sie alles verkaufen, um sich hier ihr »Schlafzimmer« kaufen zu können, mit der Betreuung, auf die sie nun mehr und mehr angewiesen war.

Das Wohnzimmer hat sie ins Freie, an die Bushaltestelle verlegt. Der Dauerkatheter macht es möglich, unabhängig von der Toilette zu sein. Ein Stück Freiheit in der Rollstuhl-Gefangenschaft.

Jetzt kommt die Nachtbetreuung ins Zimmer. Kurzes Waschen, eine neue Windel, fertig ist das Trockendock.

Es ist schon nach Mitternacht. Selbst das Blättern der Zeitung fällt schwer. Die Multiple Sklerose, die sie in den Rollstuhl verbannt hat, macht ihr immer mehr zu schaffen, behindert, schmerzt. Die alte Frau macht das Licht aus und freut sich auf den nächsten Tag, die Fahrt zur Bushaltestelle, die Zigaretten, die sie genüsslich rauchen wird, auf den heißen Kaffee aus der Thermoskanne. Sie wird beobachten, die Menschen anschauen und mit ihnen reden. Leben fühlen außerhalb der Mauern, hinter denen der Tod lauert, mit dem sie sich versöhnt hat. Und so nimmt sie ihn jeden Tag mit auf ihren Ausflug – ins Leben.

# STERNENHIMMEL

M achen wir noch einen Spaziergang, Liebling?«
»Nur wenn du mir hilfst, den Tisch abzuräumen«, ruft Lisa.

»Das ist Erpressung!«, protestiert Dirk. »Ich komme ja schon! Man merkt, dass Vollmond ist.«

»Deswegen gehen wir spazieren, um ihn zu sehen«, kontert Lisa und sieht schmunzelnd zu, wie Dirk den Tisch im Esszimmer abräumt.

Die klare Winterluft tut gut. Lisa atmet tief ein. Dirk zündet sich eine Zigarette an und nimmt Lisa in den Arm.

»Schade, dass du mit dem Rauchen nicht aufhören kannst. Ich habe es doch auch geschafft!«

»Ich bin ja auch nicht schwanger, ha, ha … Du weißt doch, der Stress in der Firma. Und außerdem rauchen alle dort. Da fällt es mir eben besonders schwer aufzuhören«, sagt Dirk lachend und schnickt die Zigarette in den Schnee, wo sie zischend landet und die Glut noch einmal aufleuchtet.

»Danke. Du weißt, dass ich den Qualm nicht mag«, sagt Lisa streng und kneift Dirk in den Arm.

Wie kleine Kinder albern sie herum, machen mit ihren Stiefeln Spuren im Schnee. Kein Mensch weit und breit zu sehen. Doch das ist zu dieser Stunde und auf diesem Feldweg auch nicht zu erwarten. Dirk schaut in den klaren Sternenhimmel.

»Was für eine Sternenpracht!«, schwärmt er. »Sieh dir nur dieses Funkeln an! Ich bin so happy, ich könnte dir die Sterne vom Himmel holen!«

»Ab und zu Geschirr spülen würde mir schon reichen,

warum in die Ferne schweifen«, lacht Lisa und sieht Dirk verstohlen von der Seite an. »Vielleicht kommt ja unser Nachwuchs auch von da oben. Wird unser kleiner Stern.« Dirk nickt nachdenklich und zieht neue Spuren im Schnee.

Plötzlich zucken sie zusammen. Ganz in ihrer Nähe hat etwas aufgeschlagen. Die Erde bebt. Sie können in der Dunkelheit nicht erkennen, was das Beben verursacht hat. Dirk fasst sich zuerst und rennt hinüber zu der Stelle des vermeintlichen Aufpralls. Lisa kann nicht so schnell laufen, sie ist außer Puste. Sie hört Dirks lautes Lachen und ist irritiert. Von weitem erblickt sie einen großen Würfel. Sie kommt näher und erkennt, dass es sich um einen großen, schmutzigen Eiswürfel handelt.

»Was ist denn das?«, fragt Lisa fassungslos.

»Das ist wahrscheinlich aus einem Flugzeug gefallen«, sagt Dirk zwischen lautem Lachen und tiefem Luftholen, bis er kaum noch sprechen kann.

»Da haben wir aber Glück gehabt! Wir hätten auch tot sein können!«, empört sich Lisa und streicht mit beiden Händen über ihren gewölbten Bauch.

»Ja, allerdings. So habe ich das natürlich nicht gemeint, als ich vorhin sagte, dir die Sterne vom Himmel zu holen.« Dirk bemüht sich ein ernstes Gesicht zu machen, was ihm nicht gelingen will.

»Was ist das eigentlich?«, fragt Lisa, ohne den Blick von dem großen Eiswürfel zu wenden.

»Das wird ›BLUE-ICE‹ genannt. Es ist Scheiße. Gefrorene Scheiße«, lacht Dirk.

Lisa wird übel. »So genau wollte ich es auch wieder nicht wissen! Oder sollen wir unser Kind jetzt ›BLUE-ICE-BABY‹ nennen – wie die Indianer, die ihre Kinder nach besonderen Ereignissen vor der Geburt benennen?«

# JÄGERZAUN UND STACHELDRAHT

Die Klingel an der Haustür hat einen angenehm hellen Ton. Die Fußmatte ist einladend, mit einem *Herzlich Wilkommen!* Die Tür öffnet sich und eine Frau mit blondem Lockenkopf erscheint, den Griff der Haustür fest umklammert.

»Ja, bitte?«

»Guten Tag, mein Name ist Özkan. Ich habe Ihnen etwas Gebäck mitgebracht«, sagt die junge Frau lächelnd und überreicht ein Tablett. »Wir haben das Haus neben Ihnen gekauft und werden in den nächsten Tagen hier einziehen. Wir werden also bald Nachbarn sein.«

»Guten Tag, mein Name ist Vogel«, erwidert die zukünftige Nachbarin das Lächeln, den Griff der Haustür auch weiter fest umklammert, während sie das Tablett mit dem Gebäck in der anderen Hand hält.

»Wir haben schon gehört, dass Ausländer das Haus gekauft haben. Und mit vielen Kindern, sagte man uns«, lächelt Frau Vogel verlegen. »Wir haben nur zwei Kinder, die noch zur Schule gehen.«

»Wir haben ebenfalls zwei Kinder, die noch zur Schule gehen«, freut sich Frau Özkan, nun ein gemeinsames Gesprächsthema gefunden zu haben. Weiter kommt sie nicht.

»Wie man sehen kann, bekommen Sie aber noch ein Kind!«, sagt Frau Vogel und starrt auf den gewölbten Bauch ihrer zukünftigen Nachbarin. »Oder werden es vielleicht mehrere?«

»Ja, wir freuen uns sehr darauf – auf das eine Kind! Deshalb haben wir uns das große Haus gekauft, damit die Kinder im Garten spielen können.« Frau Özkan fährt mit der Hand zärtlich über ihren Bauch.

»Aber unsere Kinder geben auf das Gymnasium! Und sie brauchen in der Mittagszeit Ruhe für ihre Schulaufgaben«, protestiert Frau Vogel. »Hier in Deutschland wird die Mittagsruhe eingehalten, und ich hoffe sehr, dass auch Sie sich an diese Regel halten!«

»Selbstverständlich! Auch unsere Kinder brauchen Ruhe in der Mittagszeit oder zum Schlafen. Wie Ihnen bekannt ist, legen wir Ausländer uns gerne auf die faule Haut – zumindest in der Mittagszeit, doch vor allen Dingen im Sommer«, schmunzelt Frau Özkan. »Ich muss jetzt gehen. War sehr nett, Sie kennen zu lernen. Auf Wiedersehen.«

Frau Vogel versucht zu lächeln. »Ja, vielen Dank für das Gebäck – es ist doch hoffentlich ohne Knoblauch?!«

Frau Özkan ist amüsiert über den besorgten Blick. »Da kann ich Sie beruhigen, denn wir Türken mit deutschem Pass kennen inzwischen auch viele Rezepte ohne Knoblauch, vor allem bei Gebäck. Doch nun muss ich mich wirklich verabschieden. Auf Wiedersehen.«

»Na gut, auf Wiedersehen«, verabschiedet sich Frau Vogel erleichtert, ohne die Hand zu geben, die noch immer den Türgriff fest umklammert hält.

Die Tür fällt ins Schloss. Frau Özkan steht noch auf der Fußmatte mit dem *Herzlich Willkommen!* Nachdenklich geht sie in Richtung ihres Gartentores. Rechts davon ist der Jägerzaun mit dem Stacheldraht ihrer zukünftigen Nachbarn. Das war ihr bisher noch gar nicht aufgefallen.

# HEIMWEH

---

Der Wecker klingelt. Das laute Geräusch durchbricht die Stille. Maria muss nicht geweckt werden. Mit weit geöffneten Augen liegt sie auf dem Bett. Ihre Glieder sind schwer, erheben sich nur langsam.

Nach einer kurzen Morgentoilette brüht sie Kaffee auf. Dampf steigt aus der Tasse. Der frühe Sommermorgen lässt das Sonnenlicht bereits erahnen, das diesen Tag zum Strahlen bringen wird. Mit hastigen Schlucken beendet sie ihr Frühstück und geht, auf dem Weg in ihr Brot beißend, zur Arbeit.

Abgehetzt kommt sie an ihrem Arbeitsplatz an. Sie begrüßt ihre Kolleginnen. Diese erwidern nur kurz. Zu mehr Kommunikation reicht es noch nicht. Maria ist Ausländerin und ihre Deutschkenntnisse sind noch sehr dürftig. Die Arbeit in der Fabrik ist eintönig und wird ausschließlich von Frauen verrichtet.

Maria beginnt mit langsamen Bewegungen und nur mäßig interessiert. Ihre Gedanken schweifen ab, ihr Blick fällt auf eine Birke, die sie durch das Fenster vom zweiten Stock aus sehen kann. Die Blätter bewegen sich in der leichten Brise und ein Duft von Sommer strömt durch das geöffnete Fenster. Das Grün des Rasens und der Birke sind ein willkommener Blickfang. Maria denkt an ihre Heimat, einen verschlafenen kleinen Ort. Und plötzlich tauchen vor ihren Augen andere Bilder auf: das satte Grün der Blumenwiese, das alte Haus und die dichte Hecke, umschwirrt von Schmetterlingen im Sonnenlicht.

Ein kurzer, doch heftiger Schmerz holt Maria in die Realität zurück. Sie hat sich in den Finger geschnitten, das Blut tropft aus einer tiefen Wunde auf den Stoff, der auf dem Schneidetisch liegt. Die Wunde wird versorgt, die Arbeit geht weiter.

Mit der verletzten linken Hand kann sie den Stoff halten. Maria ist froh, dass die rechte Hand unverletzt ist. So kann sie mit dem Malen fortfahren, ein Hobby, das ihr viel Ablenkung und Trost spendet. Sie denkt an ihr »Wunschbild«, an dem sie gerade arbeitet, Motive aus ihrer Heimat. Doch erst muss sie diesen gerade erst begonnenen Arbeitstag hinter sich bringen.

Abends kramt Maria ihre Malsachen zusammen und bereitet schnell ein kleines Abendessen zu. Nach dem Essen möchte sie beginnen, ihre Gedanken schweifen ab. Plötzlich hat sie das Gefühl, wirklich zu Hause zu sein, in ihrem Heimatort. Mit geschlossenen Augen träumt sie vor sich hin.

Sie wendet sich wieder dem Malblock zu. Der Hintergrund ist bereits getrocknet, ein helles Sommerblau. Heute entsteht ein Stück Wiese. Nach dem Trocknen macht sie weiter – mit bunten Blumenpunkten. Schließlich legt sie sich ins Bett. Es ist spät und ein weiterer öder Arbeitstag erwartet sie.

Am nächsten Tag erkundigt sich die Vorgesetzte kurz nach ihrer verletzten Hand, die Kolleginnen ebenfalls. Danach ist Maria wieder allein. Mit ihrer Arbeit und ihren Gedanken. Sie sehnt den Feierabend herbei, der jedoch noch lange auf sich warten lässt.

In ihrem Zimmer verschlingt Maria ihr Abendessen, legt sich für einige Minuten aufs Bett. Ihr Blick wandert zum unvollendeten Bild, schlüpft hinein, wird ein Teil davon, fern der Realität. Maria merkt nicht, wie die Stunden vergehen, das Bild wird fertig. Die Farbe trocknet, Maria fällt erschöpft ins Bett. Es bleiben ihr nur noch zwei Stunden Schlaf.

Das laute Klingeln des Weckers erfüllt am nächsten

Morgen seinen Zweck. Maria schreckt hoch. Ihr Blick fällt auf das fertige Bild. In der Morgendämmerung gefällt es ihr noch besser. Dampf steigt aus der Tasse mit dem frisch gebrühten Kaffee.

Das laute Klappern von großen Schlüsseln dringt in den Raum. Maria bekommt Gänsehaut. An dieses Geräusch kann sie sich auch nach zwei Jahren im Gefängnis nicht gewöhnen. Die Zellentür öffnet sich. Die Beamtin tritt ein und fragt freundlich: »Na Maria, gut geschlafen?«

Maria lächelt. »Nein, eigentlich nicht. Aber es geht mir gut«, sagt sie leise und zeigt auf das Bild.

»Es ist wunderschön«, sagt die Beamtin begeistert. »Da wärst du wohl jetzt gerne?«

»Ja, sehr gerne! Es ist mein Zuhause, meine Heimat. Mir bleibt nur dieses Bild für die nächste Zeit – und meine Erinnerung.«

»Ja, ja, ich weiß«, sagt die Beamtin freundlich. »Aber jetzt geht's erst mal zur Arbeit.«

Maria nimmt ihre Tasche und geht auf den Flur. Die Zellentür wird hinter ihr verschlossen. Eine Tür von vielen, die sich heute und in den nächsten Jahren öffnen und schließen werden.

# Das Wunder

---

W as ist denn das für ein Krach im Haus?«, fragt Max verschlafen.

»Ich weiß nicht, was los ist. Ich habe nur gehört, dass die Haustür zugeschlagen wurde«, sagt Ellen und zieht ihren Bademantel über. Dann geht sie ans Fenster und wirft einen Blick durch die Jalousie. »Ach, es ist Vollmond. Vielleicht geht mal wieder einer spazieren. Ich hol mir einen Drink. Möchtest du auch einen?«

»Ja, bitte. Den kann ich jetzt gut gebrauchen. Schlafen kann ich nun nicht mehr«, lacht Max und gähnt.

Ellen setzt ihr Glas an die Lippen und nimmt einen Schluck. Max kann sein Glas kaum festhalten, da plötzliches lautes Stimmengewirr aus dem Hinterhof ihn sichtlich irritiert.

»Ein Wunder ist geschehen!«, ruft eine schrille Stimme, die widerhallt und den Hof erfüllt.

Max ist mit einem Ruck aus dem Bett und plötzlich hellwach, als er in seine Jeans und sein Hemd schlüpft. Er fährt sich durch das abstehende Haar, während er Ellen fragend ansieht. »Lass uns nachsehen, was da los ist.«

»Moment, muss mir erst mal etwas anziehen«, sagt Ellen, während sie ihren Bademantel abstreift.

»Ein Wunder ist geschehen!«, dröhnt die schrille Stimme wieder durch den Hof.

Max und Ellen gehen durchs Treppenhaus nach unten und treffen Nachbarn, die sich ebenfalls auf den Weg machen. »Wissen Sie, was da unten im Hof los ist?«, werden sie müde gefragt.

»Nein, wir haben auch keine Ahnung«, sagt Ellen.

Sie kommen unten im Hof an und sehen, dass fast die gesamte Hausgemeinschaft versammelt ist.

»Ach, da ist Oma Schmitz. Sie ist zu Besuch bei ihrem Enkel. Seine Eltern sind für eine Woche in Urlaub gefahren und er wollte sich so lange um die Oma kümmern. Vielleicht ist die alte Dame mondsüchtig«, lacht Max. »Oder sie findet sich nicht zurecht – in dem Alter und dann auch noch vom Land.«

»Alzheimer heißt der Mond«, sagt einer der Nachbarn laut und geht zurück ins Haus.

Die anderen Anwesenden schweigen betreten, senken den Blick.

»Gehen wir wieder rein, Oma«, sagt Schmitz junior und nimmt die alte Frau liebevoll in den Arm. »Es ist kein Wunder geschehen, Oma. Das ist nur das Suchlicht von der Diskothek am Rand der Siedlung, das da in den Himmel strahlt, damit die Leute leichter den Weg dorthin finden.«

# Rote Karte für Greencard

Die Kommunionfeier ist nach dem Kirchenbesuch für die Kinder eine willkommene Abwechslung. Die Tische sind festlich gedeckt. Familie, Freunde und Kollegen feiern gemeinsam.

»Mann« ist wieder einer Meinung heute. Multi-Kulti gegen Greencard. Deutsch-türkisch-kroatische Allianz gegen Inder, die einfach hier in Deutschland ihren Kindern die Arbeitsplätze wegnehmen. Und »Mann« diskutiert unter sich.

»Die haben uns gerade noch gefehlt, die indischen Wackelköpfe«, sagt Dragan, der Kroate, der sich heute mit Ahmet besonders gut versteht. Seitdem Dragan einmal in Antalya war, versteht er Ahmet besser. Er hat zwar in Antalya nur Deutsche getroffen, im Hotel beim Bier, findet dort aber alles ganz sauber, bei den Türken. Putzen könnten die ja ganz gut, das hätten die hier in Deutschland eben gut gelernt. Das hat Dragan natürlich nicht zu Ahmet gesagt, sondern zu Ljubica, seiner Frau, als sie vom Urlaub in Antalya zurückgekommen waren.

»Das stimmt, Dragan. Die können doch kaum schreiben, die Inder«, sagt Ahmet und trinkt in Ruhe sein Bier weiter.

»Die scheißen doch zu Hause noch auf die Straße, Mensch! Und jetzt sollen die hier auf Informatik machen. Dass ich nicht lache!«, pflichtet ihnen Georg bei, den seine Kumpel liebevoll »Schorsch« nennen, den Deutschen, der in Ordnung ist, weil er Knoblauch isst.

»Da hätten die Deutschen auch welche aus Anatolien holen können«, grinst Ahmet. »Aber die sind schlauer als die Inder, denn die scheißen schon lange nicht mehr auf die Straße.«

Georg lacht laut los. »Aber sehen sich doch ein bisschen ähnlich. Wenn man ihnen einen Turban um den Kopf wickelt, merkt man doch kaum den Unterschied«, sagt er in Richtung Ahmet.

Der lacht und wird dann ernst. »Also wir lachen hier, aber es ist doch fast zum Heulen! Mein Sohn studiert Informatik und weiß nicht, ob er einen Job bekommen wird. Wo wir doch extra die deutsche Staatsbürgerschaft angenommen haben – Scheiße! Wir wollten doch alle mal so gerne den grünen Pass.«

»Jetzt ist der grüne Pass aber ein roter deutscher Pass«, sagt Dragan. »Für manche die rote Karte!«

»Wir haben jetzt rote deutsche Pässe«, prosten sich Dragan, Georg und Ahmet zu. »Mit dem indischen Gesocks sind wir uns jedenfalls einig: Die sollen weiter auf die Straße scheißen – aber auf ihre indischen!«, sagt Dragan und lacht laut los, während Ahmet und Georg zustimmend nicken.

Georgs Tochter kommt an den Tisch. »Das ist mein neuer Klassenkamerad, er heißt Georg und hat uns zu seiner Kommunion im nächsten Jahr eingeladen«, sagt sie freudestrahlend und schiebt den Jungen zu ihrem Vater. »Er kommt aus Indien.«

Die Biergläser werden mit einem Ruck abgestellt. Der zierliche Junge lächelt in die Runde. »Ja, wir kommen aus Indien und sind Christen wie Sie.«

# DEUTSCHKENNTNISSE

D ie Boutique ist um diese frühe Morgenzeit fast leer.
Die Verkäuferinnen langweilen sich.

»Haben Sie diese Bluse auch in meiner Größe?«, fragt
die junge Frau freundlich.

»Welche Größe tragen Sie denn?«, fragt die Verkäuferin mit abschätzendem Blick und setzt ungeduldig hin-
zu: »Welche Größe du tragen??«

Die junge Frau zieht ihr Kopftuch fester, nimmt wort-
los drei Blusen verschiedener Größen über den Arm
und geht in Richtung der Umkleidekabinen.

»Aber du nur drei Teile in die Kabine mitnehmen! –
Und mit drei Teile auch wieder rauskommen!«, ruft die
Verkäuferin laut hinterher.

Die junge Frau geht weiter und zieht den Vorhang der
Umkleidekabine auf, verschwindet lautlos dahinter und
zieht ihn mit einem Ruck hinter sich zu. Durch den Vorhang hindurch hört sie, wie die Verkäuferin mit ihrer
Kollegin über die Kleiderständer hinweg spricht. Laute,
abfällige Worte fallen.

»Manche Ausländer denken wohl, ganz Deutschland
ist ihr großer Wühltisch! Benehmen sich überall so – ich
weiß gar nicht, was ich sagen soll! Na ja, auf jeden Fall
könnten sie ja wenigstens richtig Deutsch lernen«, sagt
die Verkäuferin betont laut und verdreht die Augen in
Richtung Umkleidekabine. »Die könnte sich auch gleich
einen großen Lappen umhängen – dann wäre die Größe
egal, und passend zum Kopftuch.« Schallendes Lachen
dringt durch das Geschäft.

Die Verkäuferinnen lachen noch immer amüsiert
und merken nicht, dass sich der Vorhang der Umkleide-

kabine öffnet. Die junge Frau kommt heraus, zieht das Kopftuch fester und energisch um das Kinn. Die Blusen auf den Kleiderbügeln trägt sie über dem Arm.

»Blusen nix passen«, sagt sie zu den Verkäuferinnen, die sofort vielsagend grinsen.

»Haben wir uns schon gedacht, dir nix passen!«

Die junge Frau legt die Blusen vor ihnen auf dem Tisch ab.

»Du können Deutsch lernen, in Volkshochschule – oder Privatunterricht nehmen«, sagt die junge Frau freundlich lächelnd und legt ihre Visitenkarte auf die Blusen.

Die Verkäuferin, die sie »beraten« hatte, nimmt irritiert die Karte hoch und beginnt zu lesen:

*Dr. Günsel Sener*
DEUTSCH FÜR IN– UND AUSLÄNDER
*Termine nach Vereinbarung*

Die Verkäuferin lässt die Karte sinken und stammelt eine unverständliche Entschuldigung, während ihre Kollegin verlegen die Blusen wegräumt.

»Rufen Sie mich an, wenn Sie einen Termin haben möchten. Ich unterrichte Deutsch als Fremdsprache für Ausländer und auch für Inländer. Inländer wie Sie können dabei lernen, wie man sich mit Ausländern auf Deutsch unterhalten kann«, sagt die junge Frau freundlich, richtet das Kopftuch zurecht und verlässt mit einem Gruß die elegante Boutique.

# Der Geburtstag

Gläser klirren, Anna und ihre Nachbarin sitzen gemütlich beim Sektfrühstück und prosten sich zu. Anna hat Geburtstag. Sie schälen gekochte Kartoffeln für die Feier am Abend und lachen über den Brauch, das Älterwerden zu feiern und damit auch noch Arbeit zu haben. Vielleicht ist es aber auch der Brauch, sich zu freuen, an diesem Tag in diese Welt und das Leben gekommen zu sein.

Die Nachbarin bietet Anna an, auch ihre Kinder vom Kindergarten abzuholen. Anna bedankt sich gut gelaunt für dieses »Zeitgeschenk«. Das Telefon klingelt. Noch immer lachend nimmt Anna den Hörer ab, einen weiteren Gratulanten erwartend. »Universitätsklinik, guten Tag«, meldet sich eine freundliche Frauenstimme. Anna erwidert kurz den Gruß. »Können Sie bitte Ihre Freundin abholen? Ihr Baby ist bereits vor einigen Stunden gestorben und wir können sie nicht bewegen, ihr Kind loszulassen«, sagt die freundliche Frau mit leiser Stimme und entschuldigt sich gleich darauf für die schlechte Nachricht. »Ich bin die behandelnde Ärztin und möchte Sie bitten, direkt vor die Klinik zu fahren. Ich sage beim Pförtner Bescheid.«

Anna kann kaum sprechen. Ihre Nachbarin sieht sie fragend an. Dann erzählt sie kurz, nimmt den Autoschlüssel, ohne zu merken, dass sie noch das kleine Küchenmesser in der Hand hält. Sie sinkt auf den Stuhl. Minuten des Schweigens. Anna steht auf, zieht sich mit mechanischen Bewegungen die Jacke über und fährt los.

Tränen verschleiern Annas Blick. Wie Regentropfen kommen sie immer wieder und suchen sich ihren Weg.

Sie versucht sich zusammenzureißen, während sie in die Einfahrt der Klinik einbiegt.

In der Kinderklinik atmet Anna noch einmal tief durch, wie sie es einst in der Schwangerschaftsgymnastik gelernt hat, um den Schmerz zu lindern. Sie weiß nicht, was sie erwartet, sie hat Angst. Die Ärztin kommt ihr auf dem langen Flur bereits entgegen und reicht ihr die Hand. »Vielen Dank, dass Sie gleich gekommen sind. Den Ehemann Ihrer Freundin konnten wir nicht erreichen. Er ist in Italien bei seinen Eltern. Wie Sie von früheren Besuchen wissen, waren die Chancen für das Überleben des Winzlings von Anfang an sehr schlecht. Frühgeburten finden nicht immer den Weg ins Leben. Ihre Freundin war dabei, als ihr kleiner Sohn sein Leben losgelassen hat. Aber sie kann ihn nicht loslassen. Helfen Sie ihr dabei, bitte!«, sagt die Ärztin und legt den Arm um Annas Schulter.

Sie gehen zum »Frühchen-Zimmer«, in dem die kleinen Menschen in den Brutkästen liegen. Die Ärztin verabschiedet sich und lässt Anna allein.

Die Vorhänge sind zugezogen, Anna erkennt in der zusammengesunkenen Gestalt ihre Freundin Lara. Ihr Baby liegt wie schlafend in dem kleinen Glasbett, die winzigen Hände vor der Brust gefaltet. Lara hat den Arm um ihren kleinen Sohn geschlungen, hält ihn fest umklammert. Anna nähert sich vorsichtig, legt ihre Arme um Laras Schulter. Sie weinen und schweigen.

Annas Versuch, Laras Arm vom Körper des Babys zu lösen misslingt. Lara kann noch nicht loslassen. Zeit und Raum haben keine Bedeutung.

Irgendwann hebt Lara den kleinen Körper hoch, umarmt ihren Sohn und küsst ihn auf den Mund. Dann lässt sie ihn vorsichtig los, deckt ihn zu und verabschiedet sich.

Anna und Lara verlassen den Raum und gehen zur

Ärztin, die in ihrem Zimmer am Ende des Flurs wartet. Schonend versucht sie Lara zu erklären, dass sie bald ein Beerdigungsinstitut beauftragen muss. Anna verspricht, sich um alles zu kümmern und ihre Freundin nicht allein zu lassen.

Bei Anna angekommen legt sich Lara hin, während Anna eine Liste zusammenstellt. Das Beerdigungsinstitut muss sofort beauftragt werden. Laras Mann hinterlässt sie die Nachricht, sich sofort mit ihnen in Verbindung zu setzen. Anna fürchtet sich vor dem Anruf und schenkt sich ein Glas Cognac ein. Schweigen und Warten. Die Kinder sind bei der Nachbarin gut untergebracht.

Stunden vergehen – oder waren es Minuten? Anna hat kein Gefühl für Zeit, kein Gefühl überhaupt. Alles ist irgendwie taub. Dann schreckt sie zusammen. Lara ist aufgewacht. »Kann ich auch ein Glas Cognac haben?«, fragt sie leise. Ihre Tränen sind versiegt, die neuen noch irgendwo tief im Innern verschlossen.

»Deine Schwester sitzt schon seit zwei Stunden im Zug. Sie wird bald hier sein und dich dann nach Hause begleiten.« Lara nickt und schweigt.

Dann kommt endlich der Anruf von Laras Mann, den Anna so gefürchtet hat. Lara spricht selbst mit ihm. Anna verlässt den Raum, hört das laute Schluchzen, das schließlich verebbt. Anna bleibt noch einige Minuten in der Küche, bis Lara sie ruft.

»Alles Gute zum Geburtstag, Anna«, sagt Lara plötzlich und hebt ihr Glas hoch. Es klingelt an der Tür. Die ersten Gäste kommen. Anna blickt erschreckt auf. Sie hatte die Gäste vergessen, wie sie ihren Geburtstag vergessen hatte.

»Lass nur, ich mache auf«, sagt Lara, steht auf und öffnet die Tür. Sie lässt die Gäste eintreten, in das Hier und Jetzt – das Leben.

# EINE LAUS ÜBER DIE (DEUTSCHE) LEBER GELAUFEN

Läuse haben sich wieder einmal in der Schule ausgebreitet. Als Ursache werden sofort ausländische Kinder genannt. Die hysterischen Äußerungen einiger Mütter sorgen für Unruhe in der Schule.

Diskussionen über Sauberkeit halten tagelang die Lehrer- und Elternschaft auf Trab. Schließlich seien die eigenen Kinder auf jeden Fall sauber und müssten jetzt wegen anderer, schmutziger Kinder das ekelhafte Läuseshampoo benutzen, das die Haare nach dem Waschen wie Topfreiniger-Kissen aussehen lässt.

Damit die Kinder wieder die Schule besuchen können, müssen sie eine Bescheinigung vorzeigen, dass sie läusefrei sind. Die Hausärzte fachen die Diskussionen zusätzlich an und erzählen den Eltern, dass sei doch alles gar nicht so ungewöhnlich, denn auch die Krätze sei ab und zu auf dem Vormarsch. Das sei auch eine Folge des Massentourismus.

Doch es gibt immer neue Fälle und die Mütter beklagen zunehmend die Unannehmlichkeiten durch die »Läuse-Ausländer-Kinder«, nun auch durch Unterschriftenlisten.

Nach einer Woche der Zuspitzung nimmt sich eine Lehrerin ein Herz und untersucht »eigenhändig« die Köpfe der Kinder. Die Ursache wurde nun schnell gefunden.

Die Läuse-Quelle erweist sich schnell als nationales Problem: Die meisten Läuse-Nester werden auf den deutschen Kindsköpfen gefunden.

Die Nachricht spricht sich schnell herum, doch eine

Beruhigung ist nicht in Sicht. Denn jetzt gehen die Diskussionen erst richtig los. Statt einer Beruhigung erhärtet sich die Vermutung, die deutschen Kinder hätten die Läuse von den ausländischen Kindern bekommen. Von wem denn sonst?

Es wird schließlich zu einem Elternabend in die Schule eingeladen. Die Anwesenden kratzen sich bei dem Thema unbewusst am Kopf. Ein beherzter Lehrer bringt das Thema zum Abschluss: »Deutsche Läuse haben sich ohne Visum auf die Reise begeben, um sich auf ausländischen Köpfen niederzulassen – nicht umgekehrt.«

# DER APFELBAUM

A ls die Großmutter das Kinderzimmer betritt, hören das Toben der Kinder und die Kissenschlacht
abrupt auf.

»Nun ist es aber Zeit, Kinder«, sagt sie lachend, aber
bestimmt.

»Großmutter, erzählst du uns noch eine Geschichte,
bitte!«, rufen die Kinder aus ihren Betten.

»Also gut. Welche wollt ihr denn hören?«

»Die Geschichte vom Apfelbaum.«

»Das ist die längste Geschichte. Ihr wollt nur noch
nicht schlafen!«

»Bitte, bitte! Erzähl uns die Geschichte vom Apfelbaum!«

»Also gut. In unserem Hof stand früher ein großer
Apfelbaum, ein sehr alter Apfelbaum. Das war vor über
zwanzig Jahren, als euer Onkel noch in der Großstadt
arbeitete, um sich später ein größeres Haus bauen zu
können. Eines Tages kam er zu mir und bat mich um
ein Gespräch. Er war sehr ernst und sehr bestimmt, als
er mir mitteilte, der alte Apfelbaum müsse weg. Noch
eine Garage sollte in den Hof gebaut werden, damit
Platz war für einen kleinen Lastwagen. Der Baum
störte, denn der Hof sollte gepflastert werden. Ich war
sehr traurig. Der Apfelbaum stand vor meinem kleinen
Häuschen und spendete mir Schatten, wenn ich unter
ihm saß, um Kartoffeln zu schälen oder Äpfel für den
Apfelkuchen. Ich konnte nicht gleich antworten und bat
um Bedenkzeit.

Einige Tage später setzten wir uns auf die Bank unter
den Apfelbaum. Dicke Äpfel, die ihr reifes Aroma ver-

strömten, hingen schwer an den Ästen – und die Entscheidung hing schwer an mir. Euer Onkel wartete ungeduldig auf meine Antwort. Ich willigte schließlich schweren Herzens ein und bat noch um einige Tage Zeit, die Äpfel zu ernten und mich von dem Apfelbaum zu verabschieden.

Jeden Tag pflückte ich von den Äpfeln und legte sie behutsam in den großen Weidenkorb. Manche ließen sich schwer pflücken, als ahnten sie das Bevorstehende, und hielten sich deshalb am Ast fest. Als alle Äpfel gepflückt waren, verabschiedete ich mich von dem Baum, der uns all die Jahre so viele Früchte geschenkt hatte. Wir aßen sie so gerne – und auch den duftenden Apfelkuchen oder das Apfelmus. Doch vor allem mochten wir die frischen Äpfel, direkt vom Baum gegessen. Das Rot und Gelb schimmerte durch die Blätter, wenn die Sonne morgens aufging und der Tau mit seinen Tröpfchen glitzerte. In der Mittagssonne kühlte der Schatten die Hauswand mit der Bank davor.

Einige Jahre zuvor hatte euer Onkel auf den Hof ein großes Haus bauen lassen. Er wollte, wie gesagt, noch eine Garage errichten, einen kleinen Lastwagen kaufen, eine Firma gründen und dann hier leben und arbeiten. Bis dahin hatten wir keine Garage gebraucht. Eure Eltern sind mit dem Bus zur Arbeit gefahren, für ein Auto hatten sie kein Geld.

Im großen Haus waren genug Wohnungen und ich hatte im kleinen Häuschen reichlich Platz. Auch der Hof war immer noch so groß, dass die Kinder viel Auslauf hatten. Es war auch Platz für einen Sandkasten und eine Schaukel. Nur der alte Apfelbaum hatte jetzt keinen Platz mehr zum Leben.

In seinem Urlaub wollte euer Onkel alles fertig haben. Die Handwerker kamen und fällten zuerst den alten Apfelbaum. Die Säge kreischte so laut, dass ich mir die

Ohren zuhielt. An diesem Tag war ich traurig und konnte nicht im Hof sein. Ich ging in den Keller und legte den größten Teil der Äpfel zum Überwintern auf das Regal an der kalten Kellerwand. Ich wollte sie so lange wie möglich bei mir haben, frisch und nicht als Mus zerquetscht. Das brachte ich in diesem Jahr nicht fertig.

Ein großer Lastwagen brachte Steine und Zement. Die Garage wurde gebaut, riesig mit einem großen Tor. Der Hof wurde zementiert und danach kamen noch Platten drauf. Nun konnte der Regen nicht mehr in der Erde versickern, eine Rinne wurde in die Mitte des Hofes gelegt, damit das Wasser direkt in den Kanal fließen konnte.

Als alles fertig war, schien die Herbstsonne direkt auf die Hauswand mit der Bank davor. Nun hatte das Haus keinen Schatten mehr. Ich musste mir im Sommer einen anderen Platz suchen – zum Kartoffeln- oder Äpfelschälen.

Mein Sohn kam vor seiner Abreise in die Großstadt zu mir und schenkte mir einen großen Sonnenschirm, der mir Schatten spenden und mich vielleicht auch trösten sollte. Wir verabschiedeten uns und er bemerkte meine Traurigkeit. Dann versprach er mir, vor Weihnachten für immer zurückzukommen und mir im Frühjahr ein Apfelbäumchen in seinen Vorgarten zu pflanzen.

Einige Wochen später kam euer Vater zu mir in mein Häuschen. Da ahnte ich bereits, dass etwas Schlimmes passiert sein musste. Ich konnte es fühlen, an seinem Gesicht sehen. Sein Bruder, mein Sohn, also euer Onkel würde bald für immer nach Hause kommen, um hier in seinem Heimatort beerdigt zu werden. Auf dem Weg zur Arbeit war er mit seinem Auto tödlich verunglückt.

Am Tage der Beerdigung gingen wir alle früher auf den Friedhof, um uns zu verabschieden. Ich hatte keine Blumen fürs Grab. Ich hatte einige Äpfel mitgebracht.

Nach dem Gottesdienst warf ich sie vorsichtig ins Grab, ohne den Sarg zu treffen. Ein letzter Gruß. Die Garagen würden leer bleiben, der Apfelbaum hatte sterben müssen und nun er selbst.

Im Sommer ging ich jeden Tag zum Friedhof. Es war ein sehr heißer Sommer und die Erde war sehr trocken, so dass sie das Wasser gierig aufnahm. Manchmal ging ich auch mehrmals zum Gießen hin. Eines Morgens zupfte ich an einer kleinen Pflanze, von der ich zunächst dachte, es sei Unkraut. Sie ließ sich jedoch nicht herausziehen. Bei näherem Hinsehen erkannte ich, dass es sich um den Ableger eines Bäumchens handelte. Es war ein winziger Apfelbaum. Ich begann zu beten und beschloss, das Geheimnis zunächst für mich zu behalten.

Einige Tage später kaufte ich eine kleine Sonnenblume und pflanzte sie neben das Apfelbäumchen. Nun hatte es Schatten und konnte unbemerkt weiterwachsen. Ich wusste nicht, was ich davon halten sollte, aber es erfüllte mich mit Freude.

Nach einigen Wochen bat ich euren Vater, ein großes Loch in den Boden vor meinem Häuschen zu schlagen, einige Platten und etwas Zementboden zu entfernen.

Ich ging mit ihm auf den Friedhof und zeigte ihm das Apfelbäumchen, das ich ausgraben und an der Stelle einpflanzen wollte, wo früher der alte Apfelbaum war. Er sagte nichts und weinte.

Wir gruben das Apfelbäumchen aus und brachten es nach Hause. Ein rundes Loch im Zementboden ließ den Blick frei auf frische Erde, die wir aufgeschüttet hatten. Wir pflanzten das Apfelbäumchen feierlich ein. Jeden Tag staunten wir über das winzige Gewächs. Es konnte in Ruhe wachsen, die Garagen blieben leer. Kein Auto oder Lastwagen fuhr in den Hof. Ein Leben war von uns gegangen, ein anderes zurückgekehrt.

Aus dem kleinen Ableger ist mit den Jahren ein großer Apfelbaum geworden. Das Rot und Gelb der Äpfel schimmert durch die Blätter. Schwer hängen sie an den Ästen. Die Hauswand und die Bank davor haben wieder Schatten. Und es gibt wieder duftenden Apfelkuchen.«

»Großmutter, dann hat unser Onkel ja sein Versprechen gehalten und dir einen neuen Apfelbaum gepflanzt.«

»Ja, Kinder, das hat er. Und ihr versprecht mir, jetzt zu schlafen.«

»Versprochen.«

# DIE ZAHNTORTE

D ie Einladung liegt auf dem Tisch und die Diskussion ist in vollem Gange. Was schenkt man jemandem, der bereits alles hat? Der angehende Zahnarzt bekommt jetzt auch noch seinen Doktortitel und will das gebührend feiern. Standesgemäß hat er in das beste Hotel der Stadt geladen, so steht es auf der Einladungskarte auf feinstem Papier.

Der Freundeskreis berät über die Geschenke, die Damen über das alte Thema »Ich hab doch nichts zum Anziehen«. Das kleine Schwarze und ein passendes Geschenk in der Hand für den zukünftigen Doktor – das muss schon sein.

Corinna flüstert ihrem Mann etwas ins Ohr, er flüstert zurück und lobt ihre gute Idee. Keiner am Tisch soll etwas davon mitbekommen. Schließlich soll es ja eine Überraschung werden – nicht nur für den Doktor.

Zu Hause lachen Corinna und Mark über den Einfall mit der Zahntorte. »Da werden alle staunen«, sagt Corinna, »ich muss nur noch einen Konditor finden, der dieses Abenteuer wagt, einen Zahn zu backen!«

»Mach einfach eine Zeichnung. Eine Stelle kann mit Schokoladenglasur Karies darstellen«, lacht Mark. »Auf weißem Grund kann dann in Schokoladenschrift stehen: *Alles Gute, Doktor!*«

»Super Idee«, sagt Corinna und beginnt mit der Zeichnung.

Der Konditor blickt nachdenklich auf die Zeichnung und dann auf Corinna und Mark. »Das wird nicht einfach. Sie wollen die Torte doch nicht auch noch gefüllt?«

Corinna überlegt noch, Mark fängt laut an zu lachen. »Ja, das wär's dann noch – eine Füllung, die aussieht wie Eiter.«

»Ekelhaft«, sagt Corinna und verzieht das Gesicht. »Einfacher Teig ohne Füllung, nur mit den Glasuren.«

Der Konditor macht sich Notizen und verspricht alles nach Wunsch für das nächste Wochenende zu liefern. Mark kann nicht aufhören zu lachen. Immer wieder stellt er sich die Gesichter der Gäste beim Anschneiden der Torte vor, denen die »Eiterfüllung« über den Teller läuft.

»Jetzt hör doch endlich mal auf, Mark. Da kann einem ja der Appetit vergehen«, sagt Corinna bestimmt und denkt mit Grausen an das Essen beim Chinesen, das sie sich für heute Abend noch vorgenommen haben.

Das Wochenende ist da, die Abendrobe hängt bereit, nun muss nur noch die Torte abgeholt werden. Corinna und Mark sind so neugierig, dass sie beide zum Konditor fahren.

»Nachher fährst du aber bitte etwas vorsichtiger«, sagt Corinna mit vorwurfsvollem Blick auf den Tacho.

»Wenn du möchtest, kannst du zurückfahren. Dann trägst du die Verantwortung«, lacht Mark und fährt mit gleicher Geschwindigkeit weiter.

Beim Konditor strahlen sie beim Anblick der Torte um die Wette. Der Meister ist selbst so begeistert von seinem Werk, dass er ein Foto macht. Corinna und Mark sind sprachlos. Vor ihnen steht ein überdimensionaler Zahn. Längliche Form, mit Wurzeln und die Schokoladenglasur sieht aus wie Karies.

Corinna trägt die wertvolle Fracht zum Auto. Mark will gerade auf dem Beifahrersitz Platz nehmen, als er zur Seite geschubst wird. »Du kannst auch zurückfahren. Aber bitte vorsichtig«, sagt Corinna lachend und hält sich auf der Fahrt mit Kommentaren zurück.

In der Wohnung stellt Corinna den Karton mit der Torte ab und beschließt, ihn besser auf den Balkon zu bringen, wo es kühler ist. Sie nimmt den Karton, geht auf den Balkon und stolpert. Der Karton fällt auf den Boden und Corinna mit einer Hand hinein. Mark kann sich bei dem Anblick das Lachen kaum verkneifen. »Zum Glück ist es nicht mein Fahrstil, der die Torte in Gefahr gebracht hat«, sagt er und hilft Corinna auf, die nun blass im Gesicht ist und auf die Beule im Karton starrt.

»Mist, die Schokoladenglasur ist zum Teil hin«, sagt sie wütend, »ich werde Schokoladenglasur nehmen und sie reparieren. Irgendwie werde ich die blöde Zahnfüllung wieder hinkriegen.«

Nach einer Stunde ist der Zahn wieder perfekt, die Karies an Ort und Stelle. Die Abendgarderobe sitzt ebenfalls perfekt. Die Fahrt kann losgehen. Corinna beschließt, den Karton nicht mehr anzufassen. Mark trägt ihn zum Auto. Er hält ihr den Autoschlüssel hin. Sie lehnt dankend ab.

Im Hotel angekommen erregt die Zahntorte einiges Aufsehen, wird dauernd fotografiert und kommentiert: »Wie originell! Vor allen Dingen die Karies aus Schokolade, so unregelmäßig dargestellt – richtig natürlich!«

Corinna kann nicht aufhören zu lachen, während die Anwesenden gebannt auf den Boden sehen. Der Kellner hat die Torte soeben mit einem Ruck vom Tisch gestoßen und steht nun bleich neben der unförmigen Masse aus Teig und Schokolade.

»Der Zahn hatte wohl doch zu viel Karies und musste gezogen werden«, sagt Corinna und hebt ihr Glas.

»Aber nicht von mir!«, sagt der frisch gebackene Doktor betont ernst und nimmt den Kellner an der Hand. »Darf ich vorstellen – mein Assistent.«

# FARBENBLIND

Lange Schlangen im Reisebüro. Bunte Plakate lassen Fernweh aufkommen, genauso wie das Grau des beginnenden Winters.

Die Wartenden sehen verstohlen zu einem Herrn im Anzug hinüber, der lautstark eine andere Buchung fordert. Seine Frau steht schweigend daneben. Er besteht auf die Buchung mit einer deutschen Fluggesellschaft, das Fernziel heißt Asien. Doch es scheint nicht möglich, da die gewünschten Flüge überbucht sind. Die Ablehnung seines Wunsches stößt auf energischen Widerstand. »Den da, den lasse ich noch tanzen wie einen Affen!«, brüllt der Herr im Anzug den Angestellten des Reisebüros an, der ihn bedient. »Wenn der überhaupt lesen und schreiben kann!«

»Wollen Sie dem Kollegen unterstellen, dass er nicht lesen und schreiben kann, weil er eine dunkle Hautfarbe hat?«, mischt sich eine andere Angestellte energisch ein.

»Sie glauben wohl, Sie haben hier etwas zu sagen – oder was? Ich bin Kunde, und ich kann tanzen lassen, wen ich will!«

»Ich weiß nicht, warum Sie sich so aufregen. Mein Mann hat Sie doch gar nicht gemeint, sondern den da«, schaltet sich nun die Ehefrau ein und zeigt mit dem Finger auf den dunkelhäutigen Kollegen, der ohne den Blick zu heben, weiter im Computer nach einer passenden Reservierung sucht. Er lässt sich durch weitere lautstarke Äußerungen nicht aus der Ruhe bringen.

Nun ist er fündig geworden. »Ja, Sie werden mit einer deutschen Fluggesellschaft, deutschen Crew und deutschem Essen in ein Land fliegen, wo Menschen mit gelber Haut und dunklen Augen direkt in Ihre braunen Seelen sehen werden«, sagt er freundlich lächelnd, während die anderen Kunden die bunten Plakate an den Wänden fixieren.

# BRÜCKEN

Die Umzugskisten stehen überall im Weg. Jonas sucht seine Schultasche und wäre über die Unauffindbarkeit wohl nicht sehr traurig gewesen. Der Umzug in die neue, unbekannte Stadt ist purer Stress gewesen. Die neue Schule gefällt ihm nicht, die Schulklasse noch weniger. Und er vermisst seine Freunde. Seine Eltern meinen zwar, er könnte ja leicht neue finden, doch Jonas glaubt das nicht. Seine alten Freunde sind doch keine alten Jeans.

Die Schultasche steht an der Wand. Jonas ruft ins erste Stockwerk des Hauses einen Abschiedsgruß und geht zur Bushaltestelle. Dann merkt er, dass es noch viel zu früh ist. Das Wetter ist schön, er beschließt zu laufen. Kann ja nicht schaden, mal einen anderen Weg zu gehen, denkt er und läuft los. Er weiß, dass es eine Abkürzung gibt. Die hat ihm sein Vater erklärt, damit er im Sommer dort mit dem Fahrrad fahren kann. Aber am Anfang sollte er mit dem Schulbus fahren, zur besseren Orientierung.

Jonas läuft am Flussufer entlang, abseits der Promenade. Ein kleiner Weg schlängelt sich durch das Dickicht. Von weitem dröhnt der Verkehrslärm der Straße. Er nähert sich einer Brücke. Die Autos oben, das Wasser unten. Jonas will unter der Brücke durchlaufen. Kein Mensch weit und breit. An der Wand unter der Brücke sieht Jonas ein Bett stehen, Kartons und Holzkisten. Na toll, denkt er, hier sieht es ja aus wie bei uns zu Hause. Hat wohl einer seinen Sperrmüll hierher gebracht.

Jonas läuft weiter, erkennt einen zertrampelten Weg und folgt ihm bis zur Hauptstraße. Sein Vater hat Recht, es ist wirklich eine Abkürzung. Er nimmt sich vor, im Sommer jeden Tag diesen Weg zu nehmen. Er sieht die Schule und die Schulbusse, die ihre Ladung absetzen, und schließt sich den Gruppen an, die ins Schulgebäude laufen. Doch keiner nimmt von ihm Notiz.

Nach dem Unterricht geht Jonas an der Bushaltestelle vorbei. Er möchte denselben Weg zurückgehen, nachdenken über den Tag.

Die Lehrer sind ganz nett, die Klassenkameraden nicht so, denkt Jonas und sieht den Enten auf dem Wasser zu. Er nähert sich der Brücke. Plötzlich kommt ein Hund auf ihn zugelaufen, ein Mischling. Er begrüßt Jonas freundlich und wedelt mit dem Schwanz. Jonas streichelt ihn und geht weiter, doch der Mischling weicht nicht von seiner Seite. Dann kommen sie an der Brücke an. Ein Mann sitzt auf dem Bett, das Jonas am Morgen noch für Sperrmüll gehalten hat. Der Karton ist sein Tisch, ein weiterer, größerer Karton sein Schrank. Der Hund springt aufs Bett.

»Darf ich dem Hund mein Schulbrot geben?«, fragt Jonas und holt sein Brot aus der Schultasche. Er hatte keinen Appetit gehabt.

»Du darfst es auch mir geben, ich habe Hunger.« Der Mann auf dem Bett streckt die Hand aus. »Aber ich werde Rüdiger etwas davon abgeben.«

»Heißt Ihr Hund wirklich Rüdiger?«

»Ja, Rüdiger. Danke für das Brot.«

»Rüdiger ist aber ein seltsamer Name für einen Hund«, sagt Jonas und streichelt Rüdiger, der gerade einen Bissen von dem Brot ergattert hat und sehnsuchtsvoll auf den nächsten wartet.

»Ja, ich weiß. Die Leute drehen sich auch immer um, wenn ich in der Stadt bin und nach ihm rufe. Mein verstorbener Bruder hieß Rüdiger.«

»Und da haben Sie den Hund so genannt, damit er Sie an ihn erinnert?«

»Das ist eine lange Geschichte. Wohnst du hier in der Nähe?« Der Mann schlingt den letzten Bissen hinunter.

»Wir sind gerade hierher gezogen. Ich habe mich mal etwas umgesehen«, sagt Jonas und nimmt seine Schultasche.

»Wenn du wieder vorbeikommst, kann ich dir die Geschichte erzählen. Jetzt bin ich müde, ich war den ganzen Vormittag mit Rüdiger unterwegs in der Stadt. Meine Füße tun weh. Wie heißt du eigentlich?«

»Ich heiße Jonas. Und Sie?«

»Du kannst ruhig du zu mir sagen. So alt bin ich ja auch wieder nicht – aber ich sehe bestimmt alt aus«, lacht der Mann Jonas an. »Ich heiße Max. Eigentlich heiße ich Maximilian, aber alle nennen mich Max – nannten mich Max. Heute kenne ich nicht mehr viele.«

»Also, Max, ich muss jetzt gehen, sonst gibt meine Mutter eine Suchmeldung bei der Polizei auf«, sagt Jonas lachend und macht sich auf den Weg.

»Mach's gut. Bis dann«, ruft Max vom Bett nach. Rüdiger bleibt ruhig neben ihm liegen.

Jonas geht zügig davon, dreht sich noch mal um und sieht nun beide auf dem Bett liegen. Seltsames Paar, denkt er und läuft gut gelaunt nach Hause.

Am nächsten Morgen sieht seine Mutter erstaunt auf seinen Teller. Pausenbrote türmen sich darauf. Wie immer hat er sie allein geschmiert. Doch nun eine doppelte Portion. Gesunder Appetit.

Jonas kommt mit Frühstücksbeuteln zurück, packt die Pausenbrote ein und verabschiedet sich schnell. »Ich muss mich beeilen, ich fahre heute mit dem Bus. Zurück laufe ich dann. Der Weg gefällt mir gut. Kann also wieder etwas später werden.«

Seine Mutter sieht ihm nach. Hat sich aber schnell eingewöhnt, denkt sie und sieht erschrocken auf die

Armbanduhr. Sie muss zwar nicht zum Bus, aber mit dem Auto muss sie auch bald los, sonst bleibt sie wieder im Verkehr stecken wie gestern.

Jonas macht sich nach dem Unterricht wieder auf den Weg zu seinem Freund, seinem Geheimnis. Niemandem hat er von seiner Begegnung erzählt. Er ist aufgeregt, vielleicht erzählt ihm Max seine Geschichte. Und wenn nicht, ist auch nicht schlimm. Das Brot wird er wohl nehmen, das er ihm extra eingepackt hat, und auch eins für Rüdiger.

Der Hund kommt ihm schon entgegen, sie laufen gemeinsam zur Brücke. Max lacht, sitzt nicht auf dem Bett, sitzt auf einer Obstkiste und zeigt auf die leere neben ihm. Jonas setzt sich hin, Rüdiger schnuppert an seiner Schultasche herum. Jonas holt die Brote heraus, legt sie auf den Tisch. Max ist gerührt.

»Hier Rüdiger, das ist für dich«, sagt Jonas und hält Rüdiger ein halbes Brot hin. Es verschwindet sofort in Rüdigers Rachen. »Mach langsam, so viele habe ich nicht«, lacht Jonas und gibt ihm die andere Hälfte. Max hat sein Brot ebenfalls verschlungen.

»Danke, Junge, das war gut. Ich habe heute noch nichts gegessen. Meine Füße sind irgendwie wund, ich konnte heute nicht in die Stadt.«

»Ist das hier wirklich deine Wohnung – ich meine, hast du keine Wohnung?«

»Ich habe keine Wohnung mehr. Dies ist mein erster Sommer draußen. Alles ist weg, da bin ich auch weggegangen.«

»Was heißt das?«

»Ich war schuld an dem Unfall. Ich hatte getrunken, bin trotzdem gefahren. Mein Bruder saß auch im Auto. Ich lebe noch, aber er hat nicht überlebt. Beinahe wäre ich ins Gefängnis gekommen. Aber der Richter meinte, ich sei genug gestraft mit dieser Schuld.« Max wischt sich eine

Träne weg. »Rüdiger ist mir geblieben, sein Hund. Er war nicht im Auto, vielleicht wäre er sonst auch tot.«

»Aber wieso hast du keine Wohnung?«, fragt Jonas und reicht Max ein Papiertaschentuch.

»Ich hatte schon sehr viele Schulden, vorher. Nach dem Unfall habe ich meine Arbeit verloren, weil ich keinen Führerschein mehr hatte.« Max schnäuzt laut ins Taschentuch. »Ich war Lastwagenfahrer, bin in ganz Europa herumgefahren. Nach dem Unfall habe ich noch mehr getrunken. Aber der Schmerz ist nicht gegangen, ein neuer ist hinzugekommen. Weil ich mich nicht mehr gemeldet habe, hat man mir mein Arbeitslosengeld gestrichen. Und dann bin ich noch aus der Wohnung geflogen.«

Jonas denkt nach. »Du hättest doch in so ein Obdachlosenheim ziehen können, oder wie die heißen.«

»Nein, da hätte ich Rüdiger ins Tierheim geben müssen, Haustiere sind dort doch nicht erlaubt.« Max streichelt Rüdiger, der sich an ihn schmiegt. »Ich möchte aber mit ihm zusammenbleiben. Manchmal gehe ich in die Stadt, laufe den weiten Weg, und wir betteln. Mit Rüdiger haben die Menschen Mitleid.«

Jonas kann es kaum fassen. »Wieso denn mit Rüdiger?«

Max lacht. »Weil die Menschen tierlieb sind. Vielleicht haben sie Angst, dass der Hund bei mir nicht genug zu essen bekommt. So, ich denke, dass du jetzt besser nach Hause gehst. Deine Mutter vermisst dich bestimmt schon.«

»Ich habe ganz vergessen, wie spät es ist!«, sagt Jonas und springt auf. »Ich komme morgen wieder vorbei. Bis dann.« Jonas winkt und macht sich auf den Weg.

Zu Hause kann er sich nicht auf die Hausaufgaben konzentrieren. Max geht ihm nicht aus dem Kopf und seine Geschichte auch nicht. Vielleicht sollte er mit seinen Eltern darüber reden. Vielleicht kann Max mit

Rüdiger zu ihnen ziehen, in die kleine Kellerwohnung vielleicht. Ja, vielleicht.

Abends nimmt er seinen ganzen Mut zusammen. Das Essen kommt dampfend auf den Tisch. Jonas denkt an Max und wie es ihm jetzt hier gefallen würde. »Habt ihr etwas dagegen, wenn ich einen Hund mit nach Hause bringe?«

Die Eltern sehen staunend zu Jonas rüber. »Einen Hund? Aber wieso denn so plötzlich? Fühlst du dich etwa doch so einsam und vermisst deine Freunde?«, fragt seine Mutter besorgt.

»Und wer soll sich um ihn kümmern, füttern und ihn ausführen?« Sein Vater schöpft sich mit Appetit eine große Portion auf den Teller.

»Es geht nicht nur um den Hund. Ich habe einen Freund kennen gelernt, unter einer Brücke.«

Den Eltern fällt fast gleichzeitig das Besteck aus der Hand. »Unter einer Brücke??«

»Ja, Max und Rüdiger.«

»Wieso denn zwei?«

»Na Max und seinen Hund Rüdiger«, sagt Jonas, erleichtert, dass er es endlich gesagt hat. »Ich habe ihnen von meinem Pausenbrot abgegeben, auf dem Weg zur Schule oder nach Hause.«

Seine Mutter lacht. »Und ich dachte schon, du hättest so einen guten Appetit!« Dann wird sie ernst. »Du weißt, dass es nicht ganz ungefährlich ist mit Fremden. Du hättest es uns gleich erzählen müssen.«

»Allerdings, Jonas. Und was erwartest du jetzt von uns? Doch nicht etwa, dass der Mann mit seinem Hund bei uns einziehen soll, oder?«

»Warum nicht?«

»Und wie stellst du dir das vor, mit so einem …«, sagt seine Mutter empört.

»Penner, wolltest du sagen!« Jonas hat Tränen in den

Augen. »Er ist kein Penner. Er ist schuld, dass sein Bruder tot ist, weil er betrunken war und trotzdem ins Auto gestiegen ist. Und er hat alles verloren, seinen Bruder, die Wohnung. Nur der Hund ist noch da. Es ist nicht sein Hund, sondern der von seinem Bruder.«

»Ich mache dir einen Vorschlag, Jonas. Ich begleite dich morgen in die Schule. Ich werde mit ihm reden«, sagt sein Vater mit ruhiger Stimme.

»Danke.« Jonas steht auf und geht erleichtert in sein Zimmer.

Am nächsten Morgen wartet Jonas aufgeregt, dass es endlich losgeht. Vater und Sohn laufen eine Weile schweigend nebeneinanderher. Jeder hängt seinen Gedanken nach.

Weit entfernt ist ein Hund zu sehen. Er rennt jetzt direkt auf die beiden zu. Die Brücke ist noch nicht zu sehen.

»Papa, das ist Rüdiger«, sagt Jonas, während der Hund voller Wiedersehensfreude an ihm hochspringt.

Sein Vater ist gerührt. Jetzt hat der Hund auch ihn entdeckt und begrüßt ihn freundlich. »Müssen wir noch weit laufen?«

»Nein, die Brücke ist gleich hinter der Kurve da vorne«, sagt Jonas aufgeregt.

Max sitzt auf der Obstkiste, sieht Jonas mit einem Mann näher kommen. Er hat ein mulmiges Gefühl. Vielleicht kommt jetzt Jonas' Vater und verbietet ihm den Umgang mit ihm. Dann staunt er über die lachenden Gesichter.

»Guten Tag, Sie müssen Max sein.«

»Ja, und Sie müssen der Vater von Jonas sein.«

Jonas setzt sich zu Max, als sei er hier zu Hause. Der Hund legt sich vor beiden hin.

»Max hat mir erzählt, dass Sie sein Freund sind. Ich möchte Sie einladen. Max kann Sie nach der Schule abholen und mitnehmen. Ich muss jetzt in die Kanzlei.

Wir reden dann heute Abend weiter. Hier meine Karte mit unserer Adresse, falls ihr euch verliert.«

Jonas sieht seinem Vater staunend nach. Max begreift im Moment nichts mehr, sieht Jonas fragend an. »Was hat das zu bedeuten?«

»Ich habe meinen Eltern von dir erzählt und dass ich mir einen Hund wünsche. Gegen einen Hund haben meine Eltern nichts.«

»Ach so, du willst Rüdiger adoptieren«, lacht Max laut los. »Oder willst du ihn mir abkaufen?«

Jonas wird rot. »Nein, nein. Ich will, dass du mit Rüdiger zusammen zu uns kommst.«

»Das ist wirklich sehr nett von dir, Jonas. Und jetzt gehst du besser zur Schule. Wir sehen uns später, vielleicht sehr viel später«, sagt Max und drückt Jonas dankend die Hand. Dann sieht er ihm lange nach.

Als Jonas Stunden später zur Brücke kommt, ist niemand zu sehen. Das Bett ist gemacht, alles aufgeräumt. Die Obstkiste ist herumgedreht, ist jetzt wieder eine offene Kiste, kein Tisch mehr. In der Kiste entdeckt Jonas eine bunte Metalldose mit seinem Namen drauf. Er macht sie vorsichtig auf und findet einen Briefumschlag. Er öffnet den Umschlag und nimmt eine Postkarte heraus. Die Golden Gate Bridge ist darauf. San Francisco, was hat das nur zu bedeuten, denkt Jonas. Dann beginnt er zu lesen:

*Lieber Jonas,*

*sei nicht traurig, aber ich bin mit Rüdiger weggegangen. Ich werde mir eine andere Brücke suchen, vielleicht eines Tages auch eine goldene, wie auf der Postkarte. Wünsche mir Glück, eine zu finden, über die ich gehen kann, statt unter ihr leben zu müssen. Wenn ich diesen Weg gefunden habe, werde ich mich bei dir melden. Versprochen! Danke für dein Vertrauen und das Vertrauen deiner Eltern.*

*Deine Freunde Max und Rüdiger*

# OHNE WORTE

Das Geschäft mit Hochzeitsmoden ist gut besucht. Eine junge Frau steht vor dem Spiegel. Sie hat bereits das vierte Brautkleid an und kann sich noch immer nicht entscheiden.

Eine große schlanke Frau betritt das Geschäft und legt der Geschäftsführerin einen großen Zettel hin, auf dem steht: »Ist es ein Problem, mein Brautkleid zurückzugeben?«

Die Frau ist taubstumm. Die Geschäftsführerin notiert auf dem Zettel: »Möchten Sie es endgültig zurückgeben?«

Der Zettel wird herumgedreht. »Ja, ich bin mir sicher!«

»Dann kann ich Ihnen aber nur einen Gutschein geben«, schreibt die Geschäftsführerin.

»Ist okay«, lautet die Antwort. Dann schreibt die Taubstumme noch dazu: »Starren Sie mich nicht so an, ich will den Blödmann auf keinen Fall heiraten, also brauche ich auch das Brautkleid nicht.«

Der Zettel ist voll geschrieben. »Sie können sich an der Kasse den Gutschein abholen«, schreibt die Geschäftsführerin noch drauf und verabschiedet sich.

Einige Tage später betreten ein junger Mann und eine junge Frau gemeinsam das Geschäft. Anwesende starren zu ihnen hinüber. Normalerweise bleibt der zukünftige Bräutigam außen vor. Das Brautkleid sollte immer eine Überraschung sein. Die Geschäftsführerin schaut erstaunt, sie erkennt in der jungen Frau die Taubstumme wieder, die so selbstbewusst ihr Brautkleid zurückgegeben hatte.

Es liegt wieder ein Zettel da. »Ist das Brautkleid noch zu haben?«

»Hängt dort hinten«, schreibt die Geschäftsführerin.

Die junge Frau und ihr Begleiter strahlen, halten sich an den Händen, unterhalten sich dann in Gebärdensprache.

Der Zettel wird wieder beschrieben: »Wir haben uns wieder vertragen, und wir werden auf jeden Fall heiraten. Es war nur ein blöder Streit.«

Die Geschäftsführerin holt das Kleid und nimmt lächelnd den Gutschein. Die junge Frau schreibt noch etwas auf den Zettel, so dass ihr Begleiter es nicht lesen kann: »Er ist doch kein Blödmann!« Die Frauen lächeln und verabschieden sich.

# WEIHNACHTSGESCHICHTEN

H offentlich wird dieses Weihnachten nicht wieder eine solch schöne Bescherung!«, lacht die Großmutter, während die Enkel die Kartons mit dem Weihnachtsbaumschmuck aus dem Keller holen.

Die Weihnachtsvorfreude ist groß, die Vorfreude auf die Geschenke nicht kleiner. »Mama, erzähl' uns doch von den ›schönen Bescherungen‹, die Oma vorhin erwähnt hat.«

»Wir hatten zwei Weihnachten hintereinander wirklich sehr schöne Bescherungen, deshalb fragen wir uns immer, wenn Weihnachten naht, was wohl diesmal wieder passieren könnte.

Vor einigen Jahren wollten wir jeweils die Omis besuchen: spätnachmittags meine Mutter und nach der Bescherung meine Schwiegermutter, also die andere Omi.

Die ganze Familie hatte sich, dem feierlichen Anlass gebührend, schick gemacht. Auf Stöckelschuhen, ganz in Schwarz, verließ ich mit euch und eurem Vater das Haus. Bei meiner Mutter angekommen nahmen wir die Geschenkpakete aus dem Auto. In fröhlicher Weihnachtsstimmung begrüßten wir sie. Die Antwort war nur ein Röcheln. Ihr Asthma und eine starke Erkältung vertrugen sich nicht. Ich rief sofort im Krankenhaus an. Es wurde mir empfohlen, auf den Krankenwagen zu warten und auf keinen Fall selbst zu fahren. Auf eine längere Wartezeit müsste ich mich allerdings schon einstellen – es sei schließlich Heiligabend.

Meine Mutter packte den Krankenhauskoffer in aller Ruhe und ich fuhr euch und euren Vater zur anderen Omi. Sie öffnete mit gebeugter Haltung die Tür.

›Hallo, kommt rein. Ich habe einen Hexenschuss. Der Arzt war schon da‹, sagte sie gequält lächelnd.

›Bei meiner Mutter noch nicht. Deshalb muss ich gleich wieder gehen‹, antwortete ich und ließ mein Familienpaket samt Geschenkpaketen zurück. Im Auto spielte ›Oh du Fröhliche‹.

Meine Mutter wartete bereits mit ihrem Krankenhausgepäck. Kurz nachdem ich angekommen war, erschien der Krankenwagen. Zunächst fuhr ich ihm hinterher. Danach musste ich eine andere Route nehmen, da die Anfahrt ausschließlich für Krankenfahrzeuge genehmigt war.

In der Notaufnahme wurde ich informiert, meine Mutter sei noch nicht angekommen und ich solle mich einige Minuten gedulden. Gespenstische Stille herrschte auf dem Krankenhausflur, in dem ich wartete. Wir waren wohl der einzige Notfall in dieser ›Stillen Nacht‹.

Stillsitzen fiel mir immer schwerer. Nach weiteren langen fünfzehn Minuten fragte ich wieder nach. Sie wussten nicht, warum es so lange dauerte. Ich bat sie schließlich, in der Zentrale nachzufragen. Die Meldung über Funk verblüffte uns alle – eine Weihnachtsüberraschung: Der Krankenwagen war in die nächste Uniklinik gefahren, dreißig Autominuten von unserem Wohnort entfernt. Eure Oma sei bereits in der Notaufnahme dort abgegeben worden und der Krankenwagen bereits wieder auf der Autobahn. Ich ließ zu Hause anrufen, um euch zu informieren.

In strömendem Regen rannte ich durch Pfützen zum leeren Parkplatz, was mit den hohen Stöckelschuhen nicht einfach war. Danach fuhr ich schnell zur Uniklinik über eine ebenso leere Autobahn.

In der Klinik angekommen erfuhr ich von der schweren Lungenentzündung meiner Mutter, die behandelt und beobachtet werden müsse. Eine stationäre Aufnahme sei also dringend geboten. Der Arzt bat mich, schnell meinen Wagen zu holen, damit ich sie in die Intensivstation fahren konnte. ›Sie wissen doch, es ist Heiligabend ...‹

Dort wurde meine Mutter liebevoll aufgenommen. Die Ärzte, Pfleger und Schwestern begrüßten uns wie besondere Weihnachtsgäste. Es herrschte eine feierliche Stimmung. Meine Mutter wurde mit allem verkabelt, was die moderne Hightech-Medizin zu bieten hat. Sie verabschiedete sich mit den Worten: ›Falls ich länger hierbleiben muss, vergiss die Plätzchen nicht, die bei mir zu Hause sind. Ich habe doch so viele gebacken!‹

›Das hört sich aber gut an, die essen wir hier auch sehr gerne‹, sagte einer der Ärzte lachend. Ich bekam eine Karte mit der Telefonnummer der Klinik in die Hand gedrückt und dann wünschten sie mir alle noch ein ›Frohes Fest‹.

Nach einem kurzen Aufenthalt bei der anderen Omi, die in gebeugter Hexenschuss-Haltung meine Mutter bedauerte, fuhr ich mit euch nach Hause. Dort habt ihr dann ungeduldig gefragt: ›Wann gibt es denn jetzt endlich Bescherung?‹

›Die hatten wir ja heute schon‹, antwortete euer Vater lachend.

Am nächsten Weihnachtstag durften wir alle zu Besuch ins Krankenhaus kommen. Meine Mutter war auf eine normale Station verlegt worden. Wir hatten Weihnachtsschmuck mitgenommen, um ihr das Krankenzimmer so weihnachtlich wie möglich zu gestalten.

Als die Tür aufging und der Krankenpfleger ins Zimmer kam, wären wir alle fast vor Lachen vom Stuhl gefallen. Er war die beste Weihnachtsdekoration überhaupt: weiße Krankenhauskluft und eine gezackte, hohe Punkerfrisur. Er sah aus, wie gerade von der Love Parade aus Berlin eingeflogen. Die Farbe seines Haares war dem Weihnachtsfest angepasst – tannengrün.«

»Und die andere Weihnachtsgeschichte, die wollen wir jetzt auch noch hören, bitte!«

»Also gut. Ein Jahr später, der Heiligabend rückte näher und wir machten Witze, wer wohl in diesem Jahr drankäme, im Krankenhaus zu landen. Wir redeten über den Ablauf und das Menü des Heiligen Abends, ohne ernsthaft an irgendeine Störung zu denken.

Einen Tag vor Weihnachten bekam euer Vater eine Nierenkolik. Gemeinsam mit dem Hausarzt versuchten wir eine ambulante Behandlung, um ihm den Krankenhausaufenthalt über Weihnachten zu ersparen.

Heiligabend folgte die Einweisung ins Krankenhaus. Diesmal brachte ich den Patienten mit dem eigenen Auto hin. Ins richtige Krankenhaus. Und ich trug bequeme, flache Schuhe. Nach Erledigung aller Formalitäten und der Verabreichung von schmerzstillenden Infusionen fragte ich den Arzt: ›Wird mein Mann die ganzen Feiertage über in der Klinik bleiben müssen?‹

›Sehe ich aus wie ein Prophet? Ich kann es nicht sagen.‹

Am ersten Feiertag bekam euer Vater Ausgang. Nur für einige Stunden und mit dem Rat, bei einer Kolik sofort wieder das Krankenhaus aufzusuchen. Die Nierensteine waren immer noch unterwegs. Wir besuchten die Omis, die sich freuten und uns mit Essen verwöhnten. Danach ging es wieder ›zurück ins Heim‹, wie die Familie scherzhaft bemerkte.

Den nächsten Feiertag meldeten sich Freunde und Bekannte und fragten, womit sie eurem Vater denn eine Freude bereiten könnten, es sei ja schließlich Weihnachten. Wir lachen heute noch darüber, weil ich ihnen sagte, sie sollten bitte keine Rolling-Stones-CD schenken – von rollenden Steinen habe er schließlich genug.«

# Verkaufe Brautkleid, suche Kinderwagen

Lautes Gelächter schallt aus der Küche durchs ganze Haus, der frisch gebrühte Kaffee verbreitet sein Aroma weit über den reichlich gedeckten Frühstückstisch.

»Was gibt's denn da zu lachen, so am frühen Morgen?«, fragt der Familienvater gut gelaunt. »Und das noch mit der Zeitung in der Hand, als ob da heutzutage noch Geschichten zum Lachen drinstehen.«

»Ich könnte mich die ganze Zeit schon totlachen über eine Anzeige«, sagt die Tochter und bricht gleich wieder in schallendes Gelächter aus.

»Ach – und was soll das für eine lustige Anzeige sein, die dich derart amüsiert?«

»Lies doch selbst, was hier steht:

*Verkaufe Brautkleid – Suche Kinderwagen.*«

»Na und! – Ist doch die richtige Reihenfolge, erst zu heiraten und dann ein Kind zu bekommen«, sagt der Vater und gießt sich einen Kaffee ein.

»Vielleicht zu deiner besten Zeit. Aber du hast das nicht gelesen, was darunter steht:

*Brautkleid ist neu – nicht getragen!*

Da hat sich wohl einer aus dem Staub gemacht und wollte nicht mehr heiraten.«

»Das war auch zu meiner besten Zeit durchaus üblich und wird wohl auch in Zukunft immer wieder vorkommen«, grinst der Vater seine Tochter an.

»Aha, da ist sie wieder, die männliche Solidarität und

das Selbstverständnis, dass sich nicht viel ändert bei den Jägern und Sammlern.«

»Was soll denn das wieder heißen?«, fragt der Vater empört.

»Dass sich seit der Steinzeit nicht viel verändert hat: Die Männer gehen auf die Jagd und zum Sammeln. Und dabei vergessen sie manchmal, dass es noch eine andere Verantwortung gibt, nicht nur eine außerhalb der Höhle«, sagt die Tochter bestimmt.

»Warum auf einmal so ernst, wo du doch vor wenigen Minuten noch so laut über die Anzeige lachen konntest?«, fragt der Vater provozierend und köpft mit einem Schlag das Frühstücksei.

»Weil du seit Monaten nicht merkst, was in deiner Höhle vor sich geht«, schmollt die Tochter und legt ihm die Zeitung neben die Kaffeetasse. »Lies doch mal die Telefonnummer, die neben der Anzeige steht.«

»Aber das ist ja unsere Telefonnummer!«, stammelt der Vater, das Gesicht ganz bleich und mit ungläubigem Blick.

»Ja, genau – unsere Telefonnummer.«

»Um Gottes Willen, was soll das heißen? Wirst du etwa nicht heiraten – oder soll das heißen, dass du schwanger bist und Rolf dich verlassen hat?«, stammelt der Vater nun vor sich hin.

»April, April! Mutter und ich haben uns diesen Scherz für dich ausgedacht, damit du uns endlich mal zuhörst, du Jäger und Sammler«, sagt die Tochter lachend und nimmt ihren Vater in den Arm. »Immer wenn wir das Thema Hochzeit angesprochen haben und darüber reden wollten, hast du wichtigere Termine gehabt oder uns nicht zugehört.«

»Das ist gemein! Warte nur, ich rufe sofort deine Mutter in der Redaktion an«, sagt der Vater sichtlich empört.

»Das würde ich an deiner Stelle nicht tun, denn die

warten in der Redaktion nur darauf, dass du anrufst. Die haben sogar gewettet, dass du es tun wirst«, grinst die Tochter ihren Vater an. »Die schreiben nämlich an einer Reportage, dass Männer diese zwei Dinge fürchten wie Erdbeben: Heiraten und Kinder.«

»Und was habe ich schließlich damit zu tun?«

»Du fürchtest dich vor meiner Hochzeit und Enkelkindern«, sagt die Tochter bestimmt.

»Soll das nun heißen, dass du doch schwanger bist?«

»Nein, aber ich möchte es bald werden, ob du das nun hören willst oder nicht – Opa.«

# DIE SCHILDKRÖTEN-FAMILIE

Am frühen Morgen schon Hektik im Haus. Rucksack packen für den Schulausflug. Kevins Klasse macht einen Ausflug in den Zoo, über den ein Aufsatz geschrieben werden muss.

»Kevin, hast du an einen Block gedacht?«, ruft Rita aus der Küche.

»Ja, Mama, habe ich eingepackt und die Stifte auch«, sagt Kevin sichtlich aufgeregt. »Ich mache vielleicht Zeichnungen von den Tieren. Dann kann ich den Aufsatz besser schreiben.«

Rita schmiert Brote. Viele Brote für den Proviantbeutel. Unglaublich, was Kinder in dem Alter verdrücken können. Sie legt noch eine Überraschung in den Beutel, einen großen Schokoriegel. Ausnahmsweise. Dazu noch einen Apfel. Vielleicht isst er ja die Schokolade zuerst und danach den Apfel, denkt Rita.

»Kevin, beinahe hätte ich es vergessen, hier ist noch Geld für den Eintritt und du kannst dir dort ein Getränk kaufen.«

»Cola?«

»Cola!«

»Danke.« Kevin lacht. Er kann sich schon denken, was im Beutel ist. Viel zu viel. Er sieht trotzdem nach und lacht laut los.

»Was gibt es da zu lachen?«, fragt Rita erstaunt und lässt sich von Kevins Lachen anstecken.

»Nichts, ist schon okay. Du hast nur zu viel Essen eingepackt. Fahr' doch nur in den Zoo, nicht nach Afrika!«

»Raus mit dir! Und pass gut auf, damit du viel darüber

schreiben kannst.« Rita schiebt ihn lachend zur Tür hinaus. »Ruf mich an, wenn du zurück bist.«

»Ja, Frau Lehrerin«, lacht Kevin und rennt schon los zur Bushaltestelle, die nicht weit vom Haus entfernt ist.

Die Stunden vergehen. Rita sitzt im Büro an ihrem Computer. Die englischen Briefe sind geschrieben, jetzt kommen die deutschen dran. Das Telefon unterbricht die Stille. »Hallo, Kevin, was für eine Überraschung. Wie war es denn?«

»Toll. Ich schreibe schon am Aufsatz. Kommst du bald, ich habe Hunger.«

Rita sieht auf die Uhr. »In einer Stunde werde ich da sein. Höre einfach früher auf. Soll ich dir noch etwas mitbringen, zum Essen, meine ich?«

»Nein, ich habe eine Überraschung für dich«, lacht Kevin. »Bis dann.«

Rita legt den Hörer auf. Sie speichert ihre Arbeit. Man soll ja wichtige Dinge erst mal ruhen lassen, denkt Rita und kann sich ein Schmunzeln nicht verkneifen. Sollen die Briefe doch eine Nacht überschlafen. Gut gelaunt räumt sie ihren Schreibtisch auf und fährt voller Neugier nach Hause.

Rita parkt den Wagen in der Einfahrt. Es riecht nach Essen. Es riecht nach Pizza. Der kleine Koch hat eine Pizza aufgetaut. Clever.

»Kevin?«

»Hallo, ich bin in der Küche, Mama.«

Rita geht in die Küche und ist erstaunt. Der Tisch ist gedeckt, ein Geschenk liegt auf dem Teller. »Was ist denn hier los, ich habe doch gar nicht Geburtstag«, sagt Rita gerührt.

»Nein, aber ich habe etwas aus dem Zoo mitgebracht«, sagt Kevin stolz.

Rita nimmt das Geschenk und packt es aus. Drei

Schildkröten aus Keramik, eine große, eine mittlere und eine ganz kleine kommen zum Vorschein. Rita gibt Kevin einen Kuss. »Vielen Dank, die sind sehr schön. Aber hast du dafür dein ganzes Geld ausgegeben, etwa alles?«

»Alles«, sagt Kevin und holt die Pizza aus dem Ofen.

»Und wieso?« Rita hält die Schildkröten auf der ausgestreckten Hand.

»Die sind toll, oder?«, sagt Kevin voller Freude. »Die große ist der Papa, die mittlere bist du und die kleine bin ich. Für dich, zum Andenken.«

»Papa?«, fragt Rita ungläubig. »Aber du hast doch gar keinen Papa! Da hättest du ein anderes Tier und keine Schildkröte kaufen müssen. Das Schwein hat uns sitzen gelassen, uns verlassen – sich einfach aus dem Staub gemacht.«

»Die Schildkröte kann warten – auf einen neuen Papa«, grinst Kevin und beißt in die Pizza.

# Eine Hebamme für Opa

Ein Krankenwagen hält in der kleinen Straße. Gardinen werden vorsichtig zur Seite geschoben. Die Nachbarn wollen wissen, wer aussteigt.

»Hallo, Opa. Willkommen zu Hause!«, ruft der Enkel, der gerade aus der Schule kommt. Sie umarmen sich, doch Opa bleibt liegen. Er wird in sein Zimmer gebracht. Die Sanitäter verabschieden sich.

»Deine Mutter ist wohl noch im Büro?«, fragt Opa, während sein Enkel die Schultasche abstellt.

»Ja, aber sie muss jeden Moment kommen. Sie weiß doch, dass du ab heute wieder hier sein wirst.«

»Gleich wird noch jemand kommen«, ruft der Großvater aus seinem Zimmer. »Die Hospizhilfe wird hier gleich anrollen.«

»Wer rollt hier an? Cooler Ausdruck, Opa!«

»Die Hospizhilfe, Kevin.«

»Was ist das?«, fragt Kevin und stellt eine Flasche Wasser und zwei Gläser auf den Tisch.

»Die Dame von der Hospiz ist wie eine Hebamme«, sagt der Großvater schmunzelnd.

»Ach Opa, jetzt hör aber auf!«

»Wie Hebammen den neuen Menschen auf die Welt helfen, sollen Hospizhelfer wie Hebammen sehr alten oder sehr kranken Menschen von dieser Welt in eine andere helfen«, sagt der Großvater ernst und nimmt einen Schluck aus dem Wasserglas. Doch der Schluck geht daneben, er verschluckt sich. Kevin klopft ihm auf die Schulter.

»Dorthin, wo die neuen Menschen sind?«, fragt Kevin sachlich.

»Das weiß ich nicht, ob dort neue Menschen sind. Ich

hoffe, dass die alten Menschen noch dort sind. Dann kann ich nämlich deine Großmutter wieder sehen.«

»Warum bist du denn aus dem Krankenhaus gekommen, gibt es dort keine Hospizhelfer?«

»Nein, Kevin. Ich wollte keine Schläuche sehen, sondern die Rosen, wie sie blühen. Und außerdem riecht es hier auch besser«, sagt der Großvater lachend. »Ich möchte mich nicht beschweren, hatte ich doch achtundsiebzig Sommer, die ich erleben durfte. Nicht jeder hat so viel Glück.«

»Opa, aber du wärst auch nicht traurig, wenn es noch einige mehr sein könnten«, lacht Kevin. »Vielleicht kriegst du ja eine Verlängerung!«

»Ach, die will ich nicht unbedingt haben. Ich werde keiner Behandlung mehr zustimmen, die mich am Leben erhält, bei der ich aber nicht mehr merke, dass ich am Leben bin. Lieber unterhalte ich mich mit dir, dann denke ich auch nicht daran, dass mir etwas wehtut«, sagt der Großvater schmunzelnd.

»Es gibt aber viele Menschen, die sich doch immer noch am Leben festhalten. Vielleicht haben sie Angst«, sagt Kevin ernst und sieht seinen Großvater liebevoll an. Wie gern er ihn hatte, das wurde ihm eben in diesem Moment so richtig bewusst. Und dass er ihn bald sehr, sehr vermissen wird.

»Ach weißt du, Kevin, diese Menschen sind wie die Blätter, die im Winter noch versuchen, sich an den Ästen festzuhalten. Und dann kommt ein Wind, weht sie hinunter in eine andere Welt. Sie gehen auf die Reise. Trotzdem werden die Blätter immer ein Teil der Natur bleiben. Die Frage ist nur, wo sie bleiben. Ob wir sie sehen oder nicht. So ist es auch mit den Menschen, die von uns gegangen sind, in eine andere Welt wie deine Großmutter«, sagt der Großvater müde. »Langsam fühle ich mich auch wie ein Blatt, das verwelkt am Ast hängt.«

»Schade, dass du mir später aus dieser anderen Welt nicht berichten kannst. Irgendwie wäre das doch toll, wenn wir uns unterhalten könnten. Entschuldigung, das tun wir ja gerade – ich meine später«, sagt Kevin verlegen.

»Kevin, du kannst es ruhig aussprechen: nach meinem Tod«, sagt der Großvater und blickt Kevin schelmisch an. »Wie wir uns doch scheuen über dieses Thema zu sprechen, das uns so viel Angst macht, weil wir nie gelernt haben, etwas loszulassen. Aber früher, als ich noch ein Kind war, wurden die toten Verwandten im Haus aufgebahrt und man hatte Zeit, sich von ihnen zu verabschieden.«

»Opa, das war doch gruselig. Hört sich ja an wie Halloween!«

»Nein, das war es nicht. Voller Respekt und Ruhe konnte man der Verstorbenen gedenken. Und sie waren auch nicht gruselig, sondern schön, fast von unirdischer Schönheit. Sie haben einen gewissen Frieden ausgestrahlt. Mich hat das schon als Kind fasziniert«, sagt der Großvater, der nun nicht mehr müde, sondern fast heiter ist.

»Opa, möchtest du auch in diesem Haus bleiben, und dass wir so von dir Abschied nehmen?«

»Ja, Kevin, das wäre schön. Ich weiß aber nicht, ob ich noch bis Halloween da sein werde.«

»Opa, so habe ich das doch gar nicht gemeint!«, sagt Kevin und wird von dem lauten Klingelton an der Haustür unterbrochen.

»Das ist bestimmt die Hospizhilfe. Mach die Tür auf, Kevin. Meine Hebamme ist da. Jetzt wird meine Geburt vorbereitet.«

# Romeo und Julia

Jeden Tag um die gleiche Zeit treffen sie sich im Park, immer an derselben Stelle. Sie reden und manchmal werden es auch Diskussionen, doch nie enden diese im Streit. Und manchmal schweigen sie, halten sich an der Hand, der alte Mann und die alte Frau. Sie wohnen in zwei verschiedenen Seniorenhäusern, haben sich im Park kennen gelernt, aus ihren Leben erzählt und die Geschichten sind noch nicht zu Ende, sie haben noch viel Stoff für weitere Gespräche im Park. Diese Treffen sind für beide etwas Besonderes, ein Stück Freiheit im geregelten Alltag, der sogar das Taschengeld bestimmt. Bei jedem Wetter sind sie da, und bei sehr schlechtem Wetter ganz allein, was ihnen nichts ausmacht.

Dieser frühe Sommerabend ist besonders schön. Die Sonne spiegelt sich im großen Teich, im Wasser entstehen Kreise und werden immer größer. Stolze Schwäne gleiten ruhig dahin, Enten machen Krach, putzen das Gefieder und verursachen noch größere Kreise im Wasser.

Jugendliche auf Skateboards nutzen die Wege als Rennbahn. Mütter mit ihren Kinderwagen müssen den Skateboard-Fahrern ausweichen, die mit schneller Geschwindigkeit auf sie zukommen. Es macht ihnen sichtlich Spaß, wenn sie merken, dass sie wieder jemanden erschreckt haben. Die Anwesenden schütteln den Kopf. Kommentare fallen über Verrohung der Sitten und fehlenden Anstand sowieso. Und dass es vielleicht ein Fehler der Stadt war, diese schmalen Gehwege zu asphaltieren.

Das alte Paar schaut den Jugendlichen nach, die ungestört ihre Runden drehen. Niemand hält sie auf.

Plötzlich kommen sie auf die alten Leute zugerast und stoppen kurz vor ihnen, lachen über deren erschreckten Gesichtsausdruck.

»Na, ihr alten Säcke! Händchen halten wie Romeo und Julia – mehr ist wohl nicht mehr drin, Alter?«, ruft einer aus der Gruppe.

»Da hilft auch kein Viagra mehr«, schreit ein anderer und löst lautes Gegröle aus.

»Die sind so alt, die können sich mit Viagra den goldenen Schuss geben«, sagt einer aus der hinteren Reihe und zündet sich eine Zigarette an. »Oder den letzten Schuss und Schluss!«

Das Gegröle wird immer lauter, die Gruppe steht um die Alten herum. Spaziergänger kommen vorbei, bleiben aber nicht stehen, schauen nur kurz hinüber.

»Lass die alten Säcke, wir drehen noch ein paar Runden.«

Die Gruppe löst sich langsam auf, rast auf ihren lauten Brettern davon.

Der alte Mann bleibt ruhig, nachdenklich hält er die Hand der Frau. Sie beschließen, bald aufzubrechen. Der Appetit aufs Abendessen ist ihnen vergangen. Das könnten sie heute, wie schon oft, ausfallen lassen. Manchmal machen sie sich lustig über die jeweilige Menüauswahl und diskutieren, welches der Seniorenhäuser die schlechtere hat. So auch heute. Das Thema lenkt ab. Sie unterhalten sich weiter, schauen bewusst nicht mehr in die Richtung der Jugendlichen, die gegenüber des Teiches ihr Unwesen treiben. Das laute Gegröle dringt zu ihnen herüber.

Das Rollen der Bretter kommt wieder drohend näher. Diesmal bleiben nur zwei der Jugendlichen bei ihnen stehen, stellen ihre Bretter ab. Der größere der beiden zündet sich eine Zigarette an und pustet dem alten Mann den Rauch ins Gesicht.

»Na, Alter, willst du mal ziehen, oder weißt du nicht mehr, wie das geht?«

»Danke, ich weiß noch sehr gut, wie das geht. Außerdem kann ich mich auch noch an meine Jugend erinnern«, sagt der alte Mann mit ruhiger Stimme und sieht seinem Gegenüber direkt in die Augen.

»Glotz mich nicht so an! Macht lieber, dass ihr hier wegkommt, ihr steht nur im Weg!«

Der Kleinere zieht ebenfalls an einer Zigarette, senkt den Blick. »Komm, lass die Alten in Ruhe. Wir gehen besser.«

Anstatt einer Antwort ertönt ein lauter Schrei des anderen Jugendlichen. Ein Radfahrer hat ihn angefahren. Beide stürzen zu Boden. Der Radfahrer steht schnell auf, entschuldigt sich verstört. Der Schreck ist ihm noch anzusehen. Der Jugendliche bleibt liegen.

»Kannst du aufstehen – oder bist du verletzt?«

»Mein Bein, mein Bein! Es tut so weh, verdammt!«

»Das sieht nach einem Bruch aus. Ich rufe besser einen Arzt«, sagt der Radfahrer, nimmt sein Handy aus der Tasche und wählt die Notrufnummer. Das Wimmern wird lauter, er weiß nicht, was er mit dem Jungen dort auf dem Boden machen soll.

»Besser so liegen lassen, wenn etwas gebrochen ist. Es wird gleich Hilfe hier sein«, sagt der alte Mann mit ruhiger Stimme. »Wir sind im Stadtpark, die Klinik ist hier in der Nähe.«

Das ferne Sirenengeräusch lässt den Radfahrer aufatmen. Er kniet hilflos neben dem wimmernden Jungen, während die anderen Jugendlichen ebenso hilflos dabeistehen. Andere Parkbesucher sind ebenfalls stehen geblieben. Aber nicht alle haben Mitleid. Manche können ihre Genugtuung kaum verbergen, einen dieser Unruhestifter so bewegungs- und hilflos zu sehen.

Der Krankenwagen kommt langsam auf dem asphaltierten Weg herangefahren. Der Junge wird untersucht und auf eine Trage verfrachtet, die wie ein Luftkissen aussieht.

»Pech gehabt, beide Beine gebrochen«, sagt der Arzt wenig mitfühlend. »Das wird eine Weile dauern, bis du wieder auf dem Brett stehen kannst.«

Die anderen Jugendlichen werden wachsbleich und bringen kein Wort heraus.

»Ich wünsche dir gute Besserung, mein Junge. In den nächsten Wochen oder Monaten wirst du die Welt aus einer anderen Perspektive betrachten«, sagt der alte Mann mitfühlend zum Abschied.

Die Jugendlichen sehen dem alten Mann und der alten Frau hinterher, die sich an den Händen halten, während ihre elektrischen Rollstühle lautlos nebeneinander herfahren.

# ALPEN ODER MEER

Prospekte liegen herum. Der Dialog-Sprengstoff heißt Urlaubsplanung. Wieder einmal. Horst will in die Berge, Bettina ans Meer.

Horst ist früher nach Hause gekommen, sieht die planvoll platzierten Prospekte liegen und seufzt. In der Küche, im Esszimmer, im Wohnzimmer – er kann ihnen nicht entgehen. Zum Glück liegen keine im Schlafzimmer und auch keine im Bad.

Bei näherem Hinsehen macht Horst eine Feststellung, die ihm einen Schauer über den Rücken jagt. Es sind die Seiten aufgeschlagen, die ans Meer führen – Wasser in allen Blau-Schattierungen, immer wieder Wasser: Meerwasser, Pool-Wasser. Wie er es hasste, dieses Wasser in großen Mengen. Schon als Kind hasste er es und drückte sich vor dem Schwimmbadbesuch, so gut er konnte. Dieses Element war und ist ihm immer unheimlich geblieben. Bettina dagegen liebt es, die Weite, das Fließen, die Bewegung, eben wie das Leben, sagt sie und fließt dann immer dahin. Seine Berge dagegen findet sie zementiert, einengend, starr und bedrohlich, sie könne darin nicht atmen.

Wie soll man einen gemeinsamen Urlaub planen, wenn der eine ans Meer, der andere in die Alpen will! Horst flüchtet ins Schlafzimmer, die prospektfreie Zone. Er legt sich aufs Bett und denkt nach. Diesmal gibt er nicht nach, tut sich das Wasser nicht an. Diesmal kann sie nachgeben, da muss sie durch. Atemnot hin oder her, denkt er entschlossen. Meine Angst vor dem Wasser hat sie im letzten Jahr auch nicht umgestimmt.

»Hallo, bist du zu Hause?«, ruft Bettina vom Flur aus,

als sie verwundert feststellen muss, dass die Wohnung dunkel ist.

»Ich bin hier im Schlafzimmer«, ruft Horst verschlafen. »War so müde nach dem Dienst, bin eingepennt.«

Bettina kommt ins Schlafzimmer, gibt Horst einen Kuss. »Dann hast du die Prospekte noch gar nicht gesehen, die ich mitgebracht habe.«

»Welche Prospekte? Brauchen wir neue Elektrogeräte?«, fragt Horst bemüht erstaunt.

»Nein, wir brauchen bald Urlaub und wir sollten mit der Buchung nicht so lange warten.«

Sie gehen gemeinsam ins Wohnzimmer. Horst nimmt einen Prospekt zur Hand. »Ach, schon entschieden, wohin die Reise gehen soll?«

»Nein, entschieden ist gar nichts, aber ich möchte ans Meer«, sagt Bettina bestimmt.

»Und ich nicht. Diesmal bist du dran, auf mich Rücksicht zu nehmen. Ich möchte in die Berge«, sagt Horst trotzig.

Bettina steht auf, sammelt alle Prospekte ein, legt sie auf einen Stapel zusammen. Horst merkt, dass sie wütend ist. Schweigen. Der Stapel Prospekte liegt jetzt wie ein Vorwurf vor ihm. »Dann mach du einen Vorschlag – aber ohne Berge, bitte.«

»Okay, wir könnten ja auch in die Wüste fahren, da sind nur einige Hügel, keine Berge, die einengen.«

»Ganz toll! Und vor allen Dingen kein Wasser da, das Angst macht, ha, ha …« Bettina steht auf, geht in die Küche, knallt die Tür zu.

Horst kann sich ein Schmunzeln nicht verkneifen. Wie schön sie ist, so in Rage. Aber sagen wird er ihr das nicht. Er denkt über einen Kompromiss nach.

Bettina kommt zurück. Ihre Wut ist immer noch spürbar. »Ich denke, du solltest einen Therapeuten aufsuchen. Das mit der Angst vor Wasser ist doch nicht normal. Zum Glück hast du keine Angst vorm Duschen!«

»Das ist unfair«, sagt Horst aufgebracht. »Dann kann ich dich gleich mitnehmen zum Therapeuten, denn deine Angst vor Enge in den Bergen ist vielleicht auch nicht normal.«

Bettina kann nicht aufhören zu lachen. Horst sieht sie irritiert an. »Ja, und von dem Geld kann dann der Therapeut einmal ans Meer und einmal in die Berge fahren.«

Horst lacht ebenfalls laut los. »Allerdings. Auf die Idee bin ich noch nicht gekommen. Und wir bleiben zu Hause, weil wir uns keinen Urlaub leisten können.«

Bettina nimmt den Stapel mit den Prospekten und wirft sie in die Box mit Altpapier, die in der Küche steht. Horst blickt sie fragend an. »Und was hat das jetzt zu bedeuten? Ist unser Urlaub auch ohne Besuch beim Therapeuten gestrichen? – Oder fährt jetzt jeder von uns alleine in Urlaub?«

»Nein, wir brauchen keinen Therapeuten«, lacht Bettina. »Und allein in Urlaub fahren müssen wir auch nicht. Wir gehen gemeinsam ins Reisebüro und lassen uns eine Reise vorschlagen, bei der es sowohl Berge als auch Wasser gibt.«

Horst kann es kaum fassen. Bettina kompromissbereit. »Und wo ist der Haken?«

»Es gibt keinen Haken. Außer du meinst den von deiner Ausrüstung«, sagt Bettina betont ernst.

»Also doch Berge?«

»Also Horst, jetzt sei bitte nicht kindisch! Wenn ich sage, einen Urlaub planen, wo es beides gibt, meine ich nicht die Berge und einen Wasserfall – oder einen Krater im Vulkan!«

»Wäre auch keine schlechte Idee«, lacht Horst. Die Eruptionsenergie eines Vulkans hast du bereits.«

»Nein, ich habe eine andere Idee. Wir könnten auch in den Vereinigten Arabischen Emiraten Urlaub machen, in Dubai zum Beispiel. Ich bleibe am Wasser und dich schicke ich in die Wüste!«, sagt Bettina ernst.

»Frieden?«, sagt Horst resigniert. »Wir machen eine Kreuzfahrt. Es ist schon ein Kreuz mit dem Wasser! Ich werde mich mit dem Element von weitem versöhnen und du hast deinen Pool an Bord.«

»Danke, danke!!« Bettina springt auf, küsst Horst, umarmt ihn, drückt ihn fest an sich.

»Und wenn du seekrank wirst?«

»Dann ruhe ich mich danach auf dem Berg aus?«

»Auf welchem Berg??«, fragt Bettina entsetzt.

»Auf einem Vulkan. Wir steigen in Hawaii aus und bleiben eine Woche dort«, sagt Horst bestimmt.

»Gibt es kein näheres Gebirge?«, fragt Bettina bissig.

»Doch, die Alpen.«

Noch bevor Bettina protestieren kann, werden sie durch das Klingeln des Telefons unterbrochen. Bettina hebt ab, bedankt sich erstaunt und legt lachend den Hörer auf. »Ich habe eine Reise gewonnen!! Eine Reise mit dem Boot.«

»Na, dann! Und wohin soll das Boot mit dir fahren?«, fragt Horst mehr resigniert als interessiert.

»Auf dem Colorado im Grand Canyon, Flug nach Amerika inklusive«, sagt Bettina und kann ihre Euphorie kaum verbergen.

»Gratuliere! Das hätte mir auch gefallen.«

»Jetzt weiß ich wenigstens, welche Reise ich mit dir buchen kann!«, sagt Bettina triumphierend und kann nicht mehr aufhören zu lachen.

»Wie bitte?? Und was war das eben für ein Anruf?«

»Da hatte sich jemand verwählt.«

# H@LLO!
## IST DA JEMAND?

L autes Stimmengewirr am großen Tisch. Einige hundert Jahre sitzen dort gemeinsam. Es ist der Seniorenstammtisch. Manchen kann man ansehen, dass sie Früh-Senioren sind.

»Ich habe jetzt einen Computer-Kurs gemacht. Und ich kann euch sagen, es macht richtig Spaß, das auch zu Hause auszuprobieren, auch das Internet.«

»Das kann ich mir vorstellen, dass dir das zu Hause gefällt, auf den Erotik-Seiten herumzusurfen, Heinz«, sagt einer aus der Runde und schallendes Gelächter dröhnt durch den Raum. Selbst die Kellnerin kann sich ein Lachen nicht verkneifen.

»Daran merkt man, dass ihr alle schon richtig alt seid im Kopf«, ärgert sich Heinz lautstark. »Es macht Spaß, weil man so viel erfahren kann. Astronomie hat mich schon immer interessiert. Und jetzt nach der Landung auf dem Mars kann ich mich an den Fotos im Internet gar nicht satt sehen. Das hält mich geistig fit.«

»Deine Nerven möchte ich haben! Ich bin froh, dass ich keinen Computer mehr brauche. Habe mich im Büro lange genug damit herum geärgert, Prost!«

Heinz blickt in die Runde, Gläser werden hoch gehalten und er hat das Gefühl, dass sich alle über ihn lustig machen.

Er hebt sein Glas trotzdem, trinkt einen Schluck und beschließt bald zu gehen. Vielleicht sollte er sich einen Gesprächspartner im Internet suchen, wenn ihn hier keiner ernst nimmt, vielleicht gibt es dort jemanden mit gleichen Interessen.

Heinz schließt die Haustür auf. Ein gefürchteter Moment, seit seine Frau im letzten Jahr verstorben ist. Er weiß, dass ihn niemand erwartet. Keine Frau, kein Haustier. Er macht sofort alle Lichter an, außer im Schlafzimmer. Er braucht die Helligkeit, fürchtet die Dunkelheit der Gedanken, die ihn überfallen, wenn kein Licht ihn ablenkt. Seine Kinder wohnen in verschiedenen Städten, haben ihn gebeten zu ihnen zu ziehen, in ihre Häuser, die langsam verwaisen, weil die Kinder nach und nach ausziehen und mit sich und ihrer Welt beschäftigt sind.

Dass er eine elektronische Adresse hat, das hat er noch niemandem von der Familie verraten. Es reicht, wenn ihn seine Altersgenossen auslachen.

Heinz macht den Computer an, den Fernseher lässt er in letzter Zeit immer länger aus. Mit diesem Bildschirm kann er wenigstens sprechen, ihm Fragen stellen. Sie machen ihm Spaß, diese Briefe ohne Briefmarken. Sein Postfach kann er jetzt öffnen, ohne an den Briefkasten vor die Wohnung gehen zu müssen. Faszinierend.

Heinz liest in dem Handbuch für Benutzer des Internets und beschließt, auch mal in einen Chat zu gehen, andere Leute kennen zu lernen. Er soll sich einen Namen ausdenken, damit seine Identität nicht preisgegeben wird – aus Sicherheitsgründen. Die Zeiten haben sich geändert!

Jetzt bleibt man also anonym. Wie soll er dann wissen, mit wem er es zu tun hat, wenn auch andere einen anderen Namen benutzen? Und wenn sie dann noch lügen und nicht erzählen, wer sie wirklich sind? Heinz zögert, denkt nach, ob er hineingehen soll.

Heinz meldet sich an, gibt einen Namen ein, unter dem er jetzt angesprochen werden kann, und unter dem ihn andere ansprechen können: *Kopernikus*. Die Tür geht auf und er sieht sich erstaunt um. Er grinst. Wenn ich einen anderen Namen benutze, dann kann ich mich auch zwanzig Jahre jünger machen. »*Hallo, ist da jemand, der sich auch für Astronomie interessiert? Ich bin 45 Jahre alt. Warte auf Antwort, Kopernikus.*«

Heinz bemerkt seine Aufregung. Er steht auf, holt sich etwas zu trinken. Als er zum Computer zurückkommt, ist bereits eine Antwort da: »*Ich bin auch an Astronomie interessiert, heiße Leonardo da Vinci und bin 25 Jahre alt. Können wir uns austauschen, ich kann sicherlich von dir lernen.*«

Heinz fühlt, wie sein Herz schlägt. Ja, es funktioniert! Er hat einen Gesprächspartner.

»*Ja wir können uns austauschen. Interessant finde ich, dass du dich Leonardo da Vinci nennst und zwanzig Jahre jünger bist als ich. In Wirklichkeit war Leonardo da Vinci ungefähr zwanzig Jahre älter als Kopernikus. Oder stimmt dein Alter nicht?*«

Heinz denkt nach. Hoffentlich wird seine Frage nach dem Alter nicht falsch verstanden. Man hört ja so manche Geschichten über das Internet und Pädophile.

»*Hallo Kopernikus, mein Alter ist korrekt, ich studiere Medizin, habe aber vor zu Astronomie zu wechseln. Ist dein Alter korrekt, und was tust du?*«

Heinz fühlt sich ertappt. Bei einer Lüge. Das Gefühl ist beklemmend. Soll er jetzt sein wahres Alter preisgeben?

»*Hallo Leonardo, mein Alter ist nicht korrekt angegeben. Ich bin 65 Jahre alt, Astronomie ist mein Hobby. Ich bin das erste Mal überhaupt im Chat.*«

Heinz sieht gebannt auf den Bildschirm, ob dieser Leonardo da Vinci sich wieder melden wird.

»*Hallo, Kopernikus, kein Problem mit dem Alter. Im Gegenteil, ich bewundere deinen Mut, dich mit diesem Medium Internet zu beschäftigen, Alter. Entschuldigung, ich meine, in deinem Alter.*«

Heinz schmunzelt. Dieser Junge gefällt ihm. Er denkt nach. Er müsste jetzt so alt sein wie sein Enkel, der ebenfalls Medizin studiert.

*»Leonardo da Vinci! Wie bist du denn auf diesen Namen gekommen? Ich hoffe, du hältst dich nicht für ein Genie.«*

Heinz trinkt einen großen Schluck und sieht auf die Uhr. Wie die Zeit vergeht, wenn man beschäftigt ist.

*»Ich finde Leonardo einfach cool. Und außerdem war er der Erste, der sich an die anatomischen Studien gewagt hat. Und wie kommst du zu Kopernikus?«*

Ertappt, denkt Heinz. Er ist kein Akademiker, doch ein fleißiger Leser. Und Kopernikus hatte ihn schon immer fasziniert.

*»Ich habe ein Hobby, Leonardo da Vinci, das ist die Astronomie, wie ich dir schon sagte. Da liegt der Name Kopernikus doch nahe, oder?«*

*»Also gut, Kopernikus, wir können morgen weitermachen. Ich muss noch etwas für die Uni tun. Auch wenn ich demnächst Astronomie studieren möchte, werde ich das erste Studium noch abschließen, man weiß ja nie. Also, bis morgen, Kopernikus.«*

Heinz ist zu aufgeregt, die Müdigkeit weit weg. Aber es respektiert den Wunsch seines Gesprächspartners.

*»Gute Nacht, Leonardo. Ich freue mich schon auf morgen.«*

Heinz hat keine Lust mehr, weiter im Chat zu bleiben, diesem elektronischen Wohnzimmer. Oder ist es ein Bahnhof? Ein Kommen und Gehen von Unbekannten. Er macht den Computer aus und sieht sich die Fotos vom Mars an. Wenn Kopernikus das sehen könnte!

Dass diese Schärfe und Farbintensität möglich sind, bei solch einer Entfernung, da staunen selbst die Fachleute, liest Heinz in einem Artikel. Er wird morgen mit Leonardo darüber diskutieren. Seltsam, wie schnell er sich an seinen Gesprächspartner gewöhnt hat. Und schneller als erwartet schläft Heinz ein.

Am nächsten Morgen ist Sport angesagt. Man will ja nicht einrosten. Geistig ist Heinz reger als körperlich, das muss er sich heute eingestehen. Vielleicht ist sein

Geist auch unterwegs und kümmert sich nicht darum, was der Körper tut. Heinz beschließt, früher zu gehen. Er muss noch einkaufen, kochen und die Wäsche wollte er auch noch waschen. Manchmal fragt er sich, wie seine Frau das alles geschafft hat, neben ihrem Beruf, den sozialen Ehrenämtern und den drei Kindern. Sie fehlt überall. Und jetzt spricht er mit seinem Computer. Was seine Cornelia wohl dazu gesagt hätte? Wahrscheinlich spräche er mit ihr und nicht mit dem Internet, wenn sie noch da wäre. Heinz zieht die Turnschuhe aus, verstaut sie in seiner Sporttasche. Er verlässt das Fitness-Studio, das noch nicht so voll ist. Vormittags sind die Hausfrauen und die Senioren da. Nur ab und zu sieht man Jüngere, vielleicht im Schichtdienst Arbeitende.

Die Einkaufstasche ist schwerer als geplant. Man soll doch nicht hungrig einkaufen gehen, denkt Heinz. Er packt die Sachen aus, wäscht den Salat und brät sich ein saftiges Steak. Danach legt er sich hin, liest in einem neuen Buch, das er sich vor einigen Tagen gekauft hat. Seitdem er alleine lebt, ist sein Bücherkonsum noch größer geworden. Manchmal liest er lieber, als zum Stammtisch zu gehen, wo er sich trotz Gemeinschaft allein fühlt.

Es ist bereits dunkel, als er das Buch zur Seite legt. Zwischendurch muss er eingeschlafen sein. Er steht auf, macht sich einen Tee und schaltet den Computer ein. Kurz darauf ist er wieder im elektronischen Wohnzimmer. Er sucht nach Leonardo.

*»Hallo Kopernikus, wie war dein Tag?«*

Heinz freut sich. Wie lange hat man ihn das nicht mehr gefragt!

*»Danke, Leonardo. Ich war beim Sport und habe gelesen. Gestern habe ich mir noch die Mars-Fotos angesehen. Es ist unglaublich, diese Schärfe bei dieser Entfernung.«*

Heinz nimmt einen großen Schluck Tee, den Blick fest auf den Bildschirm gerichtet.

*»Ja, Kopernikus, das ist eine Sensation. Ich beneide die, die direkt bei der Nasa mit dem Material arbeiten können.«*

*»Wenn du Astronomie studieren wirst, kannst du dich später bei der Nasa bewerben und deine Passion zu deinem Beruf machen.«*

*»Kopernikus, schön wär's. Doch bis es so weit sein wird, wirst du wahrscheinlich schon beim richtigen Kopernikus weilen.«*

Heinz lacht laut los. Der Junge hat ja einen trockenen Humor.

*»Leonardo, so alt bin ich nun auch wieder nicht. Verrätst du mir, in welcher Stadt zu lebst?«*

*»Warum ist das so interessant, Kopernikus?«*

Heinz zögert einen Moment, denkt nach.

*»Weil ich dich gerne kennen lernen möchte. Meine Kinder und Enkelkinder leben in verschiedenen Städten: Hamburg und München und ich mittendrin in Frankfurt.«*

*»Danke für dein Vertrauen, Kopernikus. Aber sei in Zukunft nicht so vertrauensselig. Nicht alle im Chat sind so harmlos. Und wer sagt mir, dass du harmlos bist?«*

Heinz überlegt kurz. Der Junge hat Recht – oder ist er vielleicht gar kein junger Mann, sondern ein einsamer Alter wie er?

*»Leonardo, ich kann verstehen, dass du skeptisch bist. Möchtest du wissen, wer ich bin? Und wirst du mir verraten, wer du wirklich bist?«*

Heinz schaut gebannt auf den Bildschirm. Keine Antwort. Sein Herz schlägt schneller. Vielleicht ist er nun doch zu weit gegangen und verliert gerade seinen neuen Gesprächspartner. Die Antwort lässt sein Herz noch schneller schlagen.

*»Ich lebe in Hamburg und habe noch zwei Geschwister, die zur Schule gehen. Einen Onkel und eine Tante habe ich noch in München – Zufall, was? Sagtest du nicht, dass deine Kinder in Hamburg und München leben?«*

Heinz ist aufgeregt, wie schon lange nicht mehr. Was für ein Zufall! Er wird jetzt Nägel mit Köpfen machen und seinen richtigen Vornamen preisgeben.

*»Hallo Leonardo! Ich heiße nicht Kopernikus, sondern Heinz. Und ich habe eine Tochter und einen Sohn in München und einen in Hamburg.«*

*»Kopernikus Heinz Schrötwieser?«*

Heinz weicht die Farbe aus dem Gesicht. Er fühlt sich beobachtet, ausgezogen. Kann man das über den Computer erfahren? Oder ist sein Gesprächspartner ein berüchtigter Hacker, der alles, was auf seinem Computer vorgeht, mitlesen kann?

*»Leonardo, es stimmt, wie hast du das bloß herausgefunden?«*

*»Weil ich dein Enkel Jens bin, Opa Heinz.«*

*»Hallo – Jens!? – Wie heißt dein Vater?«*

*»Na Heinz, wie du, Opa! Cool – Alter, da kann dein Sohn noch etwas von dir lernen!«*

# COPYRIGHT

Familienrat. Laute Diskussion über Taschengeld, Gruppenzwang und Klamotten, die nicht mehr auf dem neuesten Stand sind.

»Mit dem Taschengeld kann ich mir bald überhaupt nichts mehr leisten!«, sagt Conny wütend. »Oder soll ich jetzt nur noch zu Hause rumhocken und hier meine Cola trinken, oder was?«

Ihre Mutter steht auf, schenkt sich noch einen Kaffee ein. Wie sich die Gespräche doch gleichen. Hatte sie selbst nicht auch schon genau so argumentiert und ihre Eltern damit zur Verzweiflung gebracht? Die Cola hieß damals einfach noch Limonade und ein Kinobesuch war noch ein herausragendes Ereignis. Doch das behält sie lieber für sich.

»Worum geht es denn wirklich? Für eine Cola außerhalb wird es ja wohl reichen.«

»Ja, ja, so habe ich mir das vorgestellt!«, protestiert Conny. »Es reicht eben nicht. Außerdem habe ich keine Lust, dauernd in den alten Klamotten rumzulaufen.«

Ihre Mutter hat sich gerade verschluckt, hustet. »O ja, sehr alte Klamotten. Die Halbwertzeit liegt bei sechs Monaten, das ist wirklich grauenhaft.«

»Du weißt genau, was ich meine. Oder hast du vergessen, wie das bei dir damals war. Ihr Erwachsenen seid alle gleich! Hoffentlich werde ich nicht auch so ... so festgefahren!«

»Du bist jetzt schon festgefahren, ohne dass du es überhaupt merkst«, sagt die Mutter mit ruhiger Stimme. »Du fährst den anderen hinterher, willst so sein wie sie, traust dich nicht, einen anderen Weg zu gehen – deinen eigenen Weg zu gehen.«

»Das Wort zum Sonntag! Zum Kotzen!« Conny springt auf, läuft im Zimmer auf und ab.

»Setz dich wieder hin. Ich komme mir sonst vor wie auf dem Tennisplatz, wobei du der Tennisball bist, dem meine Blicke folgen müssen, wenn ich mit dir reden will«, sagt die Mutter mit genervter Stimme und nimmt einen Schluck Kaffee. Die Abstände dieser Gespräche werden auch immer kürzer, denkt sie. Zum Glück ist ihr Mann noch nicht zu Hause.

»Ich weiß genau, was du jetzt denkst! Wenn jetzt Papa da wäre! Ist mir egal, wir können auch darüber sprechen, wenn er nach Hause kommt«, sagt Conny und will gehen.

»Einen Moment noch, das Gespräch ist nicht zu Ende. Ich möchte dir noch etwas sagen. Ich habe die Zeit nicht vergessen, als ich noch jung war und anders sein wollte – anders als die Eltern. Und später habe ich erkannt, dass es sich lohnt, auch anders zu sein als die anderen. Zu sein, wie ich war. Ich trug die Klamotten, die zu mir passten. Außerdem hatten meine Eltern mit ihren vier Kindern auch nicht das Geld, mich alle paar Monate neu einzukleiden.«

»Ha, ha … wenn ich die Bilder von früher ansehe, hattest du sehr wohl die Klamotten an, die damals so üblich waren – wenn auch potthässlich!«

»Wenn du dir deine Bilder ansiehst, findest du deine bereits nach einem Jahr schon potthässlich, die Klamotten meine ich.« Beide lachen laut los.

»Ich frage mich manchmal, wie ihr das alles geschafft habt, Wohnung, zwei Kinder und dann auch noch Urlaub mit uns. Denn wir sind ja in Urlaub gefahren. Und später habt ihr auch noch ein Haus gebaut«, sagt Conny nachdenklich.

»Vielleicht haben wir das geschafft, weil es damals noch kein Handy und Internet gab. Oder weil wir nicht alles gleichzeitig haben wollten. Aber ich denke, es hat dadurch geklappt, weil wir Prioritäten gesetzt haben, die uns wichtig waren, nicht den anderen.«

»Und was hat das jetzt mit mir zu tun? Ich habe doch eine Priorität, ich brauche neue Klamotten!«, sagt Conny schmollend und bestimmt.

»Für wen? Für dich, oder weil du jemandem imponieren willst, oder einfach, weil du wie jemand sein willst?«

»Für mich natürlich! Ich brauche Abwechslung. Und ich will nicht ausgelacht werden.« Conny verschränkt die Arme vor der Brust und senkt den Blick auf die Tischplatte.

»Wirst du etwa in der Klasse ausgelacht, weil du nicht alle paar Tage neue Klamotten hast?«, fragt die Mutter ungläubig.

»Das ist halt heute so. Ich will nicht auffallen.«

»Das ist aber schade, dass du nicht auffallen willst. Du bist nämlich einzigartig. Jeder Mensch ist ein Unikat. Und deshalb kannst du dich anziehen, wie du willst, und nicht wie es die anderen wollen. Probier es doch mal.«

»Du meinst, ich soll nicht herumlaufen wie eine Kopie?«, lacht Conny. »Da ist was dran. Ich werde es ausprobieren. Ich spare mir Geld und tue damit etwas Verrücktes.« Conny grinst ihre Mutter an.

»Was hast du denn jetzt wieder vor?«, fragt die Mutter erschrocken.

»Ich kaufe das Copyright und mache meine eigenen Kopien.«

»Das Copyright ist nicht käuflich. Wir sind keine Kopien, auch wenn wir das manchmal glauben. Jeder von uns ist ein Original. Und wer das Copyright hat, darüber streiten sich die Menschen schon seit mehreren tausend Jahren.«

»Ich wusste doch, dass diese Diskussion bei Adam und Eva anfangen wird«, seufzt Conny. »Amen.«

»Da hast du Recht, Conny! Seitdem die beiden aus dem Paradies geflogen sind, haben wir Menschen ein Bekleidungsproblem.«

# Der vierte Platz

Das Reisebüro ist gut besucht. Der nasskalte Winter erweckt Sehnsucht nach Sonne, Strand und Meer. Sehnsuchtsvolle Blicke haften an den Plakaten an der Wand. Die Palmen sehen fast echt aus. Nur das Rauschen der abgebildeten Brandung ist nicht zu hören.

Die Angestellten sind sehr beschäftigt, holen immer wieder neue Kataloge, machen immer wieder neue Kalkulationen. Die Kunden sind kritisch. Es wird diskutiert, fast debattiert. Sind sich die Partner über das Ziel einig, dann mal wieder nicht über den Preis.

Ein thailändisches Ehepaar mit Kind wartet geduldig in einer Leseecke des großen Reisebüros, das damit wirbt, ein Spezialist für Fernreisen zu sein. Die Prospekte liegen auf dem runden Tisch, eine Schale mit Bonbons soll die Wartezeit versüßen.

Ein Platz zur Beratung wird frei. Doch das thailändische Ehepaar braucht keine Beratung. Nur Tickets wollen sie kaufen, für einen Flug in die Heimat.

»Wir hätten gerne vier Tickets, zwei Erwachsene und zwei Kinder nach Bangkok. Ein Ticket ohne Rückflug, also nur den Hinflug, bitte«, sagt das Ehepaar fast gleichzeitig.

»Ach so, ein Kind bleibt in Bangkok. Gehst wohl dort zur Schule«, sagt die Reisebüroangestellte freundlich zu dem Kind, das schweigend auf dem Stuhl sitzt. »Ja, das kennen wir schon, dass die Enkel dann bei den Großeltern bleiben.«

»Nein, ich gehe hier zur Schule. Meine Schwester fliegt nach Bangkok. Und sie wird dort bei Oma und Opa bleiben«, antwortet das Kind.

»Wir möchten einen zusätzlichen Platz für unser anderes Kind kaufen«, sagt die Mutter und hält die Hand ihrer anwesenden Tochter fest umklammert. »Es war ihr letzter Wunsch, dass wir sie zu ihren Großeltern nach Thailand bringen, die dort am Meer leben.«

»Oh, das tut mir Leid«, sagt die Reisebüroangestellte verlegen. »Ist sie denn sehr krank – muss sie liegen oder kann sie sitzen?«

Das Ehepaar sieht sich an, zögert mit einer Antwort. »Unsere Tochter ist vor wenigen Wochen gestorben«, sagt der Vater, während er die Hand seiner Frau festhält. »Wir haben versprochen, dass wir sie nach Thailand bringen werden. Wir möchten, dass sie auf ihrem letzten Flug einen eigenen Platz hat – ich meine, ihre Asche.«

Die Reisebüroangestellte ist inzwischen aschfahl geworden und sprachlos.

»Ja, meine Schwester soll neben mir sitzen. Wir haben einen Karton mit ihrer Urne und ich habe noch ein paar Spielsachen reingetan, damit sie nicht so allein ist«, unterbricht das Mädchen die Stille.

»Also gut, sagen Sie mir, welches Datum ich buchen soll«, sagt die Reisebüroangestellte gefasst.

Die Eltern nennen die Daten, die Buchung wird gemacht. Dann kommen die Tickets aus dem Drucker. Das Kind sieht fasziniert zu.

»Ich habe Ihnen die günstigsten Tarife herausgesucht«, sagt die Reisebüroangestellte und wundert sich über die Gelassenheit der Familie, vor allem über die des Kindes.

Das hat bestimmt mit dem Buddhismus zu tun, denkt sie, während sie die Kreditkarte über das Gerät zieht. »Das finde ich sehr schön, dass du deine Schwester begleitest und dass du neben ihr sitzen willst.«

Das Mädchen lächelt. »Ich bringe sie auch zu Oma

und Opa. Die bringen meine Schwester dann in den Tempel. Aber nur ein Teil von ihr bleibt dort. Die andere Asche streuen wir ins Meer. Und dann wird sie vielleicht ein Schmetterling.«

Die Reisebüroangestellte schluckt. Tränen schießen ihr in die Augen, die das Mädchen bemerkt. »Nicht weinen. Mein Opa hat gesagt, wenn jemand stirbt, ist er nicht ganz weg. Das ist wie bei der Raupe, aus der ein Schmetterling wird.«

# SILBERHOCHZEIT

Nun ist er da, der große Tag, den so viele nicht mehr feiern, weil sie ihn nicht feiern können. Wer ist heute schon fünfundzwanzig Jahre verheiratet, denkt Jana und freut sich, das heute erleben zu können.

Alles stimmt: Das Ferienhaus am Meer liegt wunderschön, der Blick von der Terrasse – ein Traum. Romantik pur. Jana deckt den Tisch. Im Garten hat sie eine große Rose abgeschnitten. Sie wird noch viele bekommen heute, das weiß sie ganz sicher. Sie lächelt und stellt die Rose in eine Glasvase. Jetzt noch die Sektgläser, dann wird sie Michael wecken. Dass er überhaupt noch schläft, das wundert Jana schon. Wo er doch sonst der Brötchenholer ist, der Frühaufsteher. Sie ist gespannt, gespannt auf das Geschenk. Sie stellt ihr Geschenk an seinen Teller, die Karte der Kinder dazu. Sie haben eine Collage gemacht, für den fleißigen Papa. Rührend. Wahrscheinlich gibt es jetzt in allen Fotoalben Lücken, so wurden sie geplündert. Amüsiert sieht sich Jana die Collage an. Fünfundzwanzig Jahre. Mein Gott, die Plateau-Schuhe aus den Siebzigern, das Hochzeitskostüm mit Hut!

Jana sitzt am Tisch, kann den Blick nicht von der Collage wenden, ist in die Vergangenheit gezoomt. Plötzlich macht sich ihr kleiner Hund bemerkbar, wedelt aufgeregt mit dem Schwanz. Das Herrchen muss aufgewacht sein, denkt Jana voller Vorfreude. Michael steht vor ihr, erstaunte Blicke auf den Tisch gerichtet.

»Hab' ich was verpasst?«, fragt er erstaunt.

Jana lacht über Michaels schauspielerische Leistung und wartet, was er aus dem Hut zaubern wird.

Michael setzt sich an den Tisch. Er hat noch eine

gute Figur, denkt Jana und sieht ihn bewundernd an. Die Shorts stehen ihm wirklich gut. Ihr Hund Einstein schnappt gut gelaunt nach dem Stück Parmaschinken, das ihm Michael lachend hinhält. Dann bemerkt Michael das Geschenk auf seinem Teller und wirft einen Blick auf die Collage. »Shit! – Unser Hochzeitstag! Ich hab's vergessen.«

Jana springt auf, rennt heulend ins Haus. Michael kommt hinterher, will sie trösten. »Es tut mir Leid. Ich hatte vor dem Urlaub so viel um die Ohren, ich habe es wirklich vergessen!«

»Ja, das habe ich jetzt auch begriffen. Lass' mich in Ruhe«, sagt Jana wütend, während Einstein von einem zum anderen schaut. Wenn er reden könnte, was würde er jetzt wohl sagen, ihr kleiner Hund, denkt Jana und schnäuzt laut ins Taschentuch. »Hochzeitstag vergessen! Verdammt, es ist unsere Silberhochzeit!«

Michael versucht den Arm um Janas Schulter zu legen. Der Versuch schlägt fehl. Die Wut ist stärker. Einstein hat sich inzwischen unter den Tisch verkrochen und schaut beide aus großen Augen an. Vielleicht versteht er doch alles, was gesprochen wird.

Michael geht zurück zur Terrasse, schenkt sich einen Kaffee ein und betrachtet die Collage. Er ist gerührt. Sein Leben mit der Familie in Ausschnitten, Augenblicke, die längst vergangen, doch jederzeit abrufbar sind. Er denkt nach, denkt an die vergangenen fast drei Jahrzehnte, die sie nun schon zusammen sind, davon ein Vierteljahrhundert verheiratet. Er lächelt, bereut hat er es nicht, aber immer einfach war es auch nicht. Er legt die Collage zur Seite und beschließt, Jana mit einem tollen Essen zu überraschen. Die Taverne in der kleinen Bucht, die ihr so gut gefällt. Ja, das wird sie bestimmt wieder versöhnen. Hoffentlich. »Jana, ich habe eine Überraschung für dich!«, ruft er betont laut.

Jana erscheint mit roten Augen und roter Nase auf der Terrasse, Einstein im Schlepptau. Der Hund hat sich wohl für eine Seite entschieden, denkt Michael.

»Was soll mich denn heute noch überraschen können«, sagt sie mit beleidigter Stimme.

»Wir gehen zum Mittagessen in die Taverne, du weißt, in der kleinen Bucht. Und von dort aus fahren wir mit dem Schiff nach Venedig. Bitte, sag ja!«

Jana schnäuzt in ihr Taschentuch, setzt sich an den Tisch und gießt sich Kaffee ein. Wehmütig schaut sie auf die Collage. Wenn sie das ihren Kindern erzählt, die werden sich totlachen. »Also gut, du hast eine Chance. Aber ich will kein Gemecker hören, wenn ich mir Schaufenster ansehe. Und Einstein kommt mit«, sagt sie bestimmt.

»Na gut, dann kommt er eben mit – wenn du Verstärkung brauchst.«

Das Frühstück verläuft wortkarg, anschließend räumen sie den Tisch ab und ziehen sich für den Tagesausflug um. Jana packt Knabbersachen, eine kleine Wasserflasche und ein Schälchen für Einstein ein. Sie setzen sich ins Auto und fahren zur kleinen Bucht.

»Ist jetzt alles okay?«

»Nein, ist es nicht. Ich werde dir das nie vergessen. Außerdem hast du auch *dein* Geschenk vergessen!«

»Du hast Recht. Ich hoffe nur, dass du mir das nicht bis zur Goldenen Hochzeit vorwerfen wirst«, sagt Michael und sieht Jana schmunzelnd an. »Darf ich fragen, was du mir geschenkt hast?«

»Nein. Dein Geschenk habe ich ins Meer geworfen.«

»Wie bitte?«

»Ja, da es dich so sehr interessiert hat, nämlich überhaupt nicht, habe ich es einfach über das Terrassengeländer geworfen. Du kannst ja morgen danach tauchen, wenn du wissen willst, was es war.« Jana grinst. Das hat gesessen!

Michael verschlägt es die Sprache. Dass sie Frauen so viel ausmachen – diese bestimmten Tage, dass sie so viel Bedeutung haben. Seine Gedanken kreisen um sein Geschenk. Was es wohl war, was da jetzt auf dem Meeresgrund liegt? Er parkt den Wagen vor der Taverne und lässt Einstein raus, der aufgeregt von der Rückbank springt.

Michael führt Jana zu einem Tisch auf der Terrasse. Es riecht nach Meer und Blumen. Weiße Oleander stehen auf der Mauer. Auf dem Wasser dümpeln Boote, nur wenige Menschen laufen am Strand entlang. Die Küste ist hier sehr steinig, der Sandstrand weiter weg. Ein großer Strauß Rosen steht auf dem Tisch. Das war ein Expressauftrag. Michael hat beim Besitzer angerufen, heimlich. Wie er das geschafft hat. Er muss sich noch bei ihm bedanken. Und ein Menü hat er auch vorgeschlagen. Der Kellner kommt schon mit dem Wein, schenkt ein.

»Ach Weißwein, es gibt wohl Fisch?« Janas Stimme klingt patzig.

Michael hebt sein Glas. »Auf diesen wunderbaren Tag! Frieden?«

»Na gut. Frieden. Auf diesen wunderbar versauten Tag!«, sagt Jana gequält lächelnd.

Einstein hat es sich unter dem Tisch im Schatten bequem gemacht und schläft, als wollte er die beiden nicht mehr hören. Der Geruch der großen Fischplatte weckt ihn aber sofort wieder auf. Schnuppernd kommt er unter dem Tisch hervor. Michael lacht laut los. »Soll ich ihm zur Feier des Tages etwas abgeben?«

»Lieber nicht, sonst wird ihm wieder schlecht«, sagt Jana und lässt sich den Fisch schmecken. Sie fühlt sich schon leicht beschwipst. Zwei Glas Wein hat sie schon getrunken und sich vorgenommen, dass es nicht die letzten sein werden.

»Na komm, Einstein, hier ist feines Fresschen für dich, zur Feier des Tages ein bisschen Krabbe?« Einstein hat schon zugeschnappt, die Krabbe verschluckt und wartet auf die nächste.

»Du kannst ihm ja eine Fischplatte bestellen.« Jana lacht und kann nicht mehr aufhören. Sie ist wirklich schon beschwipst. Umso besser. Ein bisschen Betäubung kann nicht schaden.

»Hier ist noch eine und dann ist Schluss!«, sagt Michael bestimmt. Einstein verkriecht sich wieder unter den Tisch. Da ist nichts mehr zu holen.

Versöhnliche Stimmung macht sich am Tisch breit, eine weitere Flasche wird an den Tisch gebracht. Michael schaut auf die Uhr. »Wenn wir das Schiff nach Venedig nehmen wollen, müssen wir schneller trinken.«

»Kein Problem«, lacht Jana. Was für ein verrückter Tag.

Plötzlich hören sie würgende Geräusche unter dem Tisch. Einstein würgt und würgt. Jana gerät in Panik. »Du hast ihm doch wohl keinen Fisch mit Gräten gegeben?«

»Nein, nur zwei Garnelen.«

»Toll, die liegen jetzt unter dem Tisch!«

Michael hat Schweißperlen auf der Stirn. »Hoffentlich keine Fischvergiftung!«

Einstein kommt unter dem Tisch hervor, wedelt mit dem Schwanz und setzt sich neben Janas Stuhl, lässt sich von ihr kraulen. »Einstein, wir fahren besser nicht nach Venedig, sondern nach Hause.« Jana trinkt noch einen Schluck, stellt das Glas ab und kann nicht mehr aufhören zu lachen. Sie sieht Michael an, der sich die Schweißperlen mit der Serviette abwischt. »Sogar Einstein findet diesen Tag zum Kotzen. Und hier meine Relativitätstheorie: Das Gedächtnis von Männern ist relativ – schlecht.«

# DER FLIEGENDE TEPPICH

Die alten Häuser werfen lange Schatten in den Innenhof. Von den Wänden schallt das laute Kindergeschrei zurück in den Hof, in die offenen Fenster. Die Frühlingssonne trocknet die Wäsche auf der Leine und scheint auf die Pflanzen in den großen Kübeln.

»Nicht auf den Boden setzen, es ist doch noch kein Sommer!«, ruft es plötzlich laut. »Ich bringe euch eine Decke.«

Die beiden Jungen stehen auf, wischen sich den Staub von den Hosen, werfen sich vielsagende Blicke zu. »Hoffentlich kommt meine Mutter jetzt nicht mit einer Heizdecke«, seufzt Dominik.

Sein Freund Ahmet lacht laut. »Das hätte auch meine sein können, aber die ist nicht da, die arbeitet.«

»Hier habt ihr einen kleinen Teppich. Im Schatten ist es noch viel zu kalt, ihr könnt euch die Blase erkälten«, sagt Dominiks Mutter vorwurfsvoll und rollt den Teppich aus. »Den könnt ihr behalten, das ist jetzt eure Bank. Und wenn ihr mit dem Spielen fertig seid, könnt ihr ihn zusammenrollen und in den Keller legen. Morgen will ich euch dann wieder auf dem Teppich und nicht wieder auf dem blanken Boden sitzen sehen, verstanden?« Der strenge Blick wandert von einem zum anderen.

»Verstanden, danke«, sagt Ahmet und setzt sich gleich auf den Teppich.

»Schon okay, Mama. Wir wollen jetzt bis zum Mittagessen noch weiterspielen. Danke.« Dominik sieht seiner Mutter nach und verdreht die Augen. Dann setzt er sich neben Ahmet und sie spielen weiter mit ihren Autos.

Der Kindergarten macht ihnen keinen Spaß mehr,

jetzt wo sie doch nach den großen Ferien in die Schule kommen würden. Ahmet kann schon schreiben und lesen. Das hat er Dominik letzte Woche gezeigt. Seine Mutter lernt Deutsch und er hilft ihr dabei. Dominik bewundert ihn dafür.

»Vielleicht hat deine Mutter uns den Teppich gegeben und keine Decke, weil sie denkt, dass wir zu Hause auch auf Teppichen sitzen, weil wir aus der Türkei sind«, lacht Ahmet.

»Meine Eltern haben das aber nicht gesagt!«, protestiert Dominik. »Wir haben die Wohnung neu gestrichen. Der Teppich hier ist aus dem Flur. Jetzt haben wir dort Teppichboden.«

»Warst du schon mal in der Türkei?«, will Ahmet wissen.

»Nein, wir fahren jedes Jahr nach Kroatien, erst alle von der Familie besuchen und dann ans Meer.« Dominik stellt seine Feuerwehrautos zu Ahmets Polizeiautos.

»Ich habe eine Idee!«, sagt Ahmet aufgeregt. »Wir fliegen in die Türkei! Ich zeige dir mein Dorf, wo meine Oma und Opa leben. Und dort habe ich auch einen Freund, den Bülent.«

Dominik lacht laut los. »Ja, klar, wir fliegen in die Türkei! Allein – oder was?«

»Ja, wir stellen uns vor, dass unser Teppich fliegen kann. Mach die Augen zu und wir fliegen los. Und ich erzähle dir, was ich sehe«, sagt Ahmet.

Dominik hat die Augen bereits geschlossen, schmunzelt und wartet gespannt, wie es weitergeht.

Ahmet nimmt die Ränder des Teppichs an den Seiten hoch, zieht sie hin und her. »Wir sind abgeflogen, sind schon ganz hoch oben, wo die Vögel fliegen. Und die Stadt ist winzig klein. Jetzt kommen wir über die Berge, ich glaube Alpen heißen sie. Wir sind schon drüber, überfliegen andere Länder. Ich weiß nicht, wie die alle heißen. Wir sind gerade über Istanbul – wir sind in der Türkei! Jetzt müssen wir niedriger fliegen, sehen bald das Dorf, wo meine Oma und Opa sind. Aber jetzt fliegen wir noch über dem Meer. Keine Angst, du musst nicht runter schauen. Die Augen ganz zulassen!«

Eine laute Stimme schallt durch den Hof. »Dominik, essen kommen!« Dominik öffnet benommen die Augen.

»Wir können morgen weiterspielen. Ich muss nachher meiner Mutter helfen«, verabschiedet sich Ahmet und rollt den Teppich zusammen. »Du kannst jetzt unser Flugzeug in die Garage bringen«, sagt er lachend zu Dominik und geht ins Haus.

Dominik nimmt den Teppich und bringt ihn in den Keller. Dann geht er schnell durchs Treppenhaus. Die vier Stockwerke sind für ihn kein Problem. Oft hilft er seiner Mutter, holt die Post aus dem Briefkasten oder Getränke aus dem Keller. Meistens ist sein Vater dann schon weg, in der Frühschicht. Dominik ist traurig, seine Eltern wollen nicht, dass er mit Ahmet spielt. Sie sagen es nicht laut, wenn Ahmet da ist. Doch wenn er weg ist, sagen sie oft, er solle sich doch kroatische oder deutsche Freunde suchen. Dominik hatte daraufhin Ahmet gefragt, ob seine Eltern etwas dagegen hätten, wenn er mit ihm spielte, oder ob sie es lieber hätten, wenn er einen türkischen Freund hätte. Ahmet hat sehr lange darüber gelacht. Und dann hat er gesagt, dass die katholischen Eltern vielleicht eher etwas dagegen hätten, wenn ihre Kinder mit türkischen Kindern spielten. Er nimmt sich vor, seine Mutter nachher zu fragen. Jetzt merkt er, dass er müde ist und Hunger hat.

Am Tisch betet seine Mutter. Das macht sie immer, bedankt sich, dass es etwas zum Essen gibt. Über dem Küchentisch hängt ein Kreuz. Zum Essen ist Ahmet noch nie bei ihnen geblieben. Aber Dominik hat schon oft bei seinen Eltern gegessen. Gebetet haben sie dort nicht vor dem Essen – danach auch nicht. Sie haben immer viel geredet und viel gegessen und waren immer gut gelaunt. Seine Mutter ist auch immer gut gelaunt, aber nicht beim Essen. Da ist sie meistens ruhig, so wie jetzt. Essen und schweigen. Dominik denkt nach. Nach dem Essen wird er sie fragen, was sie und ihr Vater wirklich gegen seine Freundschaft mit Ahmet haben.

Der Tisch ist abgeräumt.

»Mama, ich möchte dich was fragen.« Dominik stellt seinen Teller in die Spülmaschine. »Warum wollt ihr nicht, dass Ahmet mein Freund ist, warum soll ich mir kroatische oder deutsche Freunde suchen – weil er Türke ist?«

»Du stellst vielleicht Fragen! Wir sind Christen, also Katholiken, und die Türken sind doch Muslime. Das passt nicht zusammen. Das sind verschiedene Welten und Kulturen – und Religionen. Das passt einfach nicht! Und außerdem kommst du bald in die Schule, da ist es besser, einen deutschen Freund zu haben«, sagt seine Mutter ernst. »Persönlich habe ich nichts gegen Ahmet. Aber ich denke, dass seine Eltern auch so denken!«

»Weil wir katholisch sind, passen wir nicht zu den Moslems! Ich war schon bei ihnen in der Wohnung. Die haben nie was gesagt. Gegessen habe ich dort auch, weil sie mich eingeladen haben«, protestiert Dominik.

»Ja, gegessen hast du dort. Aber Ahmet würde bei uns wahrscheinlich nicht essen«, sagt seine Mutter bestimmt. »Weil wir doch Schweinefleisch essen!«

Dominik verdreht die Augen. »Wir essen doch nicht den ganzen Tag Schweinefleisch! Außerdem kannst du sagen, was du willst. Ahmet bleibt mein Freund, weil mir das egal ist, katholisch oder moslemisch – oder wie das heißt!« Dominik sieht seine Mutter trotzig an und wartet gespannt auf ihre Reaktion.

»Von mir aus. Vielleicht laden wir sie mal ein, ich meine, Ahmet und seine Eltern. Wir können dann Hähnchen essen.«

»Mama, danke! Ich sage Ahmet morgen gleich Bescheid«, freut sich Dominik und gibt seiner Mutter einen Kuss.

»Wir sagen Bescheid! Ich muss erst noch mit deinem Vater reden. Ich denke, er wird nichts dagegen haben. Wir müssen ja nicht über Religion reden.«

Dominik geht gut gelaunt in sein Zimmer. Er kann es kaum erwarten, weiter mit Ahmet zu spielen, ist gespannt, wie die Reise mit dem fliegenden Teppich in die Türkei weitergeht. Vielleicht sollte er ihn auch mal nach Kroatien einladen. Ja, das wäre doch toll, Ahmet auch mal seine Heimat zu zeigen.

Am nächsten Morgen scheint die Sonne sehr früh ins Zimmer. Es ist noch wärmer geworden als gestern. Ahmet freut sich schon sehr auf Dominik. Seine Mutter hat gesagt, dass er nicht mehr jeden Tag in den Kindergarten gehen muss. Vor dem Ernst des Lebens, wie sie es nannte, sollte er noch viel spielen können. Fünf Wochen Urlaub sind geplant in diesem Sommer, um alle Verwandten zu besuchen. Ahmet freut sich schon sehr auf das Meer, die Sonne und seinen Freund Bülent. Bald würden sie sich auch schreiben können, denkt Ahmet. Seine Eltern sprechen mit ihm Türkisch und Deutsch. Sein Deutsch ist allerdings schon besser als das seiner Eltern.

Das Frühstück ist schnell vertilgt. »Ich gehe in den Hof, mit Dominik spielen«, ruft Ahmet seiner Mutter zu.

»Ja, ist gut. Dominik ist ein guter Junge. Er kann heute zum Mittagessen kommen, wenn er möchte«, antwortet seine Mutter aus dem Bad.

»Super, ich frage ihn nachher.«

Im Hof liegt schon der Teppich bereit. Dominik hat seine Autos in Reih und Glied aufgestellt. Ahmet setzt sich zu ihm, packt ebenfalls seine Autos aus. »Wollen wir heute wieder in die Türkei fliegen?«

Dominik nickt. »Ja, gerne. Und auf dem Rückweg kann ich dir meine Heimat Kroatien zeigen. Da fliegen wir drüber.«

Beide lachen. Dominik schließt die Augen. Dann wackelt der ganze Teppich hin und her.

»Wir fliegen heute etwas schneller als gestern. Jetzt sind wir schon an Istanbul vorbei und über dem Meer. Jetzt kommt Land, viele Dörfer sind zu sehen. Wir gehen etwas runter, die Leute winken uns. Sie wollen uns begrüßen. Vielleicht wünschen sie uns eine gute Landung. Jetzt sind wir schon ganz nahe an unserem Dorf am Meer. Es riecht nach Fisch. Ja, es wird Fisch gegrillt, den sie ganz früh gefangen haben. Dazu gibt es Salat und Brot. Wein gibt es auch, aber den dürfen wir nicht trinken, der ist nur für die Alten. Achtung, Landung! Augen zulassen, ich stelle dir jetzt meine Oma und meinen Opa vor. Sie haben uns zum Essen eingeladen. Sie umarmen und sie küssen uns.«

Dominik hat die Augen wieder geöffnet. Ahmet hat Tränen in den Augen, schweigt. »Was ist denn los?«

»Ich bin so traurig, weil ich nicht in Wirklichkeit dort bin. Ich habe sie so lieb«, sagt Ahmet und wischt sich mit der Hand die Tränen ab.

Dominik legt ihm seine Hand auf die Schulter, versucht ihn zu trösten. »Bald wirst du sie ja wieder sehen, nur noch einige Wochen. Komm, wir fliegen jetzt nach Kroatien, dann kannst du meine Oma und meinen Opa kennen lernen. Wir wohnen aber leider nicht am Meer, sondern in der Stadt. Und wenn wir in Urlaub gehen, sind wir erst in der Stadt, besuchen alle und fahren dann ans Meer.«

Der Teppich wackelt hin und her. »Ahmet, mach deine Augen fest zu, wir fliegen jetzt los«, sagt Dominik und rüttelt noch fester am Teppich. »Wir fliegen jetzt über Länder – ich weiß nicht, wie die heißen. Das Meer ist verschwunden, jetzt sind nur noch Wälder da und ab und zu ein See. Jetzt kommen Berge und auch viele Flüsse. Die Namen kenne ich nicht. Und da ist schon Kroatien. Achtung, wir landen bald. Unten ist ein Tal zu sehen, dahinter liegt die Stadt. Ich habe Bescheid gesagt, dass ich einen türkischen Freund mitbringe. Also gibt es kein Schweinefleisch. Augen zulassen! Riechst du das Essen? Es gibt Lammfleisch mit Gemüse und Brot. Und sie trinken Wein und Schnaps, auch nur die Alten. Wir landen! Alle kommen angerannt, wollen uns begrüßen. Sie umarmen und küssen uns, wollen uns gar nicht mehr loslassen. Und sie beten, danken Gott, dass nichts passiert ist auf unserer langen Reise.«

Ahmet hat die Augen geöffnet. Jetzt sieht Dominik traurig aus. »Vermisst du auch deine Oma und Opa in Wirklichkeit?«

Dominik hält noch immer die Seiten des Teppichs hoch. »Ja, wie du vorhin. Aber wir fahren ja auch bald hin. Ich freue mich schon sehr.«

Sie sitzen noch lange schweigend da. Dann grinst Ahmet. »Ich frage meine Eltern, ob du mit uns in die Türkei kommen kannst.«

»Da werden meine Eltern verrückt! Ich muss doch mit ihnen nach Kroatien fahren«, protestiert Dominik.

»Kannst du doch. Auf dem Rückweg liefern wir dich ab«, sagt Ahmet und lacht über Dominiks irritierten Gesichtsausdruck.

»Wie denn – schmeißt du mich einfach vom Teppich?« Dominik kann sich nun das Lachen nicht verkneifen.

»Nein, wir werfen dich aus dem Auto. Meine Eltern

haben Flugangst.« Ahmet biegt sich vor Lachen. »Ich bin noch nie geflogen.«

»Darüber können wir beim Mittagessen in Ruhe weitersprechen«, sagt Ahmets Mutter und zwinkert Dominiks Mutter zu, die neben ihr steht. Dominik und Ahmet sehen sprachlos von einer zur anderen. Sie hatten gar nicht bemerkt, dass die beiden heruntergekommen waren.

»Dominik, Ahmets Mutter hat uns beide zum Mittagessen eingeladen. Ich habe die Einladung zum Essen angenommen, vielleicht solltest du Ahmets Einladung zur Mitreise annehmen.«

»Ich darf mit in die Türkei, wo die Moslems wohnen, die nicht zu uns passen?« Dominik springt hoch und drückt seine Mutter fest an sich.